CRISTINA CHIPERI
ILARIA SORAGNI
VALENTINA F.
DANIELA AZZONE

ESTATE BATTICUORE

I LOVE YOU, GOODBYE

MESS – THE ESCAPE

BUIO

VITA DA TOP MODEL

leggereditore

Prima edizione: giugno 2016
I love you, goodbye
Vi è mai capitato di innamorarvi?
(tratto dal romanzo di prossima pubblicazione *The Nicest Thing*)

Mess – The Escape

Buio

Vita da top model

Il marchio Leggereditore è di proprietà
della Sergio Fanucci Communications S.r.l.
via delle Fornaci, 66 – 00165 Roma
tel. 06.39366384 – email: info@leggereditore.it
Indirizzo internet: www.leggereditore.it

Stampato in Italia – Printed in Italy

Progetto grafico: Grafica Effe

CRISTINA CHIPERI
ILARIA SORAGNI
VALENTINA F.
DANIELA AZZONE

ESTATE BATTICUORE

I LOVE YOU, GOODBYE

MESS – THE ESCAPE

BUIO

VITA DA TOP MODEL

CRISTINA CHIPERI

I LOVE YOU, GOODBYE

1

Estate. La parolina magica in grado di far tornare alle persone quel sorriso che per mesi sembrava svanito. In particolare a noi ragazzi, che, dopo un anno scolastico pesante e interminabile, possiamo finalmente trascorrere interi pomeriggi all'aria aperta, sotto il sole cocente di agosto. Mare, vacanze...

«Cris, i documenti. Cerca di non dimenticarli!» grida mia madre dalla cucina.

Eh sì, l'estate è arrivata anche per me. Ne avevo proprio bisogno, soprattutto dopo l'anno complicato che ho vissuto, anche se devo ammettere che, per fortuna, il ritorno a Los Angeles è stato meno duro del previsto. Ho ritrovato i vecchi compagni, stretto amicizia con tante persone nuove e ristabilito una bella intesa con Alexa, che mi ha aiutato a superare il trauma del trasferimento.

Naturalmente continuo a tenermi in contatto anche con gli amici di Miami. Tutte le sere facciamo lunghe videochiamate su Skype e quando li vedo è un po' come se fossi lì con loro, sebbene a separarci ci siano migliaia di chilometri.

Adesso, però, non ha alcuna importanza, perché finalmente stiamo per rincontrarci. Quelle serate trascorse immaginando l'arrivo dell'estate ci hanno portato a organizzare una vacanza tutti insieme. Destinazione: Hawaii.

Sono così emozionata mentre infilo nella valigia vestiti e costumi da bagno. Già mi vedo sulla spiaggia con i miei amici, al tramonto, intorno a un falò... Sarà una vacanza indimenticabile, ne sono sicura.

«Perché non posso venire anch'io?» si lamenta Kate irrompendo nella mia stanza.

Per lei il ritorno a Los Angeles non è stato affatto facile. Ho cercato inutilmente di convincere mamma e papà a lasciarla venire con me, ma pensano che per lei sia meglio trascorrere l'estate a Miami in compagnia dei suoi amici. Vogliono farle una sorpresa e quando lo scoprirà non rimpiangerà di non essere partita con me, ne sono sicura.

«Mamma e papà non si fidano a lasciarti andare in vacanza da sola.» Invento una scusa.

«Non sarei stata sola, ci saresti stata tu con me.» Sorride.

«Non si fidano neanche di me» ribatto chiudendo la valigia pienissima. Anche questa volta mi sto portando dietro le cose più inutili della terra, lo so, ma ho sempre paura che possano servirmi prima o poi.

Mentre trascino la valigia fino alle scale mi sembra di vivere un déjà-vu. È come se fossi tornata al giorno in cui stavo per lasciare questa città alla volta di Miami. Chissà cosa sarebbe successo se papà avesse rifiutato la proposta di John e fossimo rimasti qui... Sono sicura che la mia vita sarebbe stata meno turbolenta.

Per un istante sono tentata di far scivolare la valigia giù per le scale proprio come avevo fatto quel giorno, ma poi mi dico che no, non sono più la ragazza immatura di allora, sono cresciuta, quindi solleverò la valigia e la porterò al pianterreno, scalino dopo scalino. E invece no, in meno di un secondo la valigia scivola giù per le scale facendo un rumore indescrivibile. Per fortuna i miei genitori non si accorgono di nulla e continuano ad aspettarmi fuori in giardino, per accompagnarmi all'aeroporto.

«La solita Cris!» Kate ridacchia alle mie spalle.

Scendo gli scalini a due a due, afferro la valigia, e la trascino fino alla macchina.

Un'ora e mezza dopo sono già seduta al mio posto sull'aereo, in attesa del decollo.

Prima di spegnere il cellulare guardo di nuovo la foto di gruppo che i miei amici mi hanno inviato prima di imbarcarsi sul loro volo e scrivo un ultimo messaggio a Ben, il mio fidanzato, che ho già salutato ieri sera. Mi mancherà, ma sono contenta di partire da sola. Voglio dedicare ogni minuto di questa vacanza ai miei amici, anche perché tra un mese inizieremo l'università e temo che cambieranno molte cose...

Una voce metallica ci invita ad allacciare le cinture e io obbedisco. Quando l'aereo si stacca da terra avverto la solita sensazione di vuoto, ma adesso non mi fa più paura, anzi mi sembra piacevole ed eccitante.

Poiché mi aspettano parecchie ore di volo, mi metto comoda sul sedile e chiudo gli occhi, lasciandomi cullare dalla musica dell'iPad. Il dolce ritmo di *Gravity* dei Coldplay mi trascina in un sonno profondo e sereno interrotto bruscamente da un bambino che scalcia contro lo schienale del mio sedile. Controllo l'orologio: manca meno di un'ora all'atterraggio. Il mio sguardo si posa sul finestrino e resto stupita nel vedere la limpida e azzurrissima distesa dell'oceano, le nuvole che proiettano grandi e morbide ombre sui verdi rilievi delle isole che stiamo sorvolando. Trascorrerò veramente una settimana intera in questo angolo di paradiso? Stento ancora a crederci!

La meraviglia aumenta quando dal taxi che mi conduce dall'aeroporto di Honolulu al resort dove alloggeremo, nel quartiere di Waikiki, osservo lo spettacolo dell'isola che scorre davanti ai miei occhi. È anche più sorprendente di quanto immaginassi...

Fremo dalla voglia di immergermi in questo mare cristallino e soprattutto di abbracciare i miei amici, ma per questo dovrò aspettare ancora un po'. I ragazzi non arriveranno prima del pomeriggio.

Anche il resort non delude le mie aspettative: è piccolino ma accogliente.

Un ragazzo mi aiuta con le valigie e mi spiega come funziona il posto, mi informa che è possibile accedere alla spiaggia in qualsiasi momento della giornata, esattamente come al solarium sul tetto di ciascun edificio del resort, ottimo per abbronzarsi.

«Sei venuta qui da sola?» domanda mentre ci dirigiamo verso l'appartamento che io e i ragazzi abbiamo prenotato.

«No, tra qualche ora arriveranno anche i miei amici.» Sorrido.

«Ci sono molti posti interessanti da visitare. Ma immagino che vi siate già informati bene.»

«Sì, ma non mi dispiacerebbe avere qualche suggerimento.»

Chiacchierando dei luoghi turistici da non perdere, raggiungiamo il nostro appartamento. Il ragazzo mi consegna le chiavi e mi lascia da sola.

Con le mani che tremano dall'emozione inserisco la chiave nella serratura e apro la porta.

La sala che si apre davanti ai miei occhi è davvero grande, arredata con mobili in stile hawaiano e illuminata da una terrazza che dà accesso alla spiaggia. Trascino la valigia, la sistemo sul letto di una delle stanze e corro subito verso il solarium. Quasi mi commuovo alla meravigliosa vista di Honolulu. *Sono davvero in questo posto? Posso rimanere qui per sempre?*

Prendo il cellulare e scatto qualche foto all'incredibile panorama davanti a me. Sono sicura che questa vacanza sarà memorabile.

2

L'acqua fresca scorre tra le dita dei miei piedi mentre il venticello estivo mi scompiglia delicatamente i capelli, i raggi del sole colpiscono la mia pelle chiara, e il rumore delle onde che si infrangono sulla sabbia rende il momento rilassante. Cosa darei per poter passare il resto della mia vita a non fare niente, a stare immobile a godermi questa meraviglia!

«Cris!» Sento gridare qualcuno e, dalla voce sottile e leggermente acuta, capisco subito di chi si tratta.

Quando mi volto, vedo i suoi capelli scuri e il suo gigantesco sorriso.

«Sam!» rispondo correndo nella sua direzione. Un abbraccio forte e tanto atteso dà inizio alla mia estate. Anche se tornare a Los Angeles non è stato terribile come immaginavo, la verità è che nessuno è stato in grado di sostituire la mia Sam. Ne abbiamo passate così tante insieme che mi sembra impossibile immaginare un futuro senza di lei. La nostra è un'amicizia forte che riesce a superare anche la distanza! Dopo essere partita da Miami, siamo rimaste in contatto tutti i giorni con i messaggi o con le videochiamate. Ci siamo tenute aggiornate su tutto ciò che succedeva nelle nostre vite e su quello che succedeva anche agli altri.

«Finalmente! Mi sei mancata tantissimo» sussurra stringendomi forte.

«Anche tu.» Mi allontano sorridendo.

Il mio sguardo si sposta involontariamente dietro di lei, e intravedo il gruppo dei miei amici, Cloe, Taylor, Trevor, Nash e perfino Susan, davanti alla reception dell'hotel, con le loro valigie enormi. Non posso fare a meno di sorridere quando in lontananza distinguo Taylor con una delle sue solite bandane supercolorate.

«Che meraviglia è?» commenta Sam osservando l'oceano infinito davanti a noi.

«Vero? Sarà una settimana indimenticabile. Noi, mare, sole, cosa potevamo chiedere di meglio per festeggiare la fine dell'high school?»

Hawaii, amici, sole, divertimento... Non ho bisogno di altro questa settimana.

Sam abbassa lo sguardo e noto sul suo volto un pizzico di preoccupazione. Mi domando cosa possa essere successo, ma non riesco a trovare un motivo valido per spiegare questo improvviso cambio d'umore.

«A proposito di amici...» comincia Sam, ma viene interrotta da una voce profonda. Un brivido mi scorre lungo la schiena. Non ho bisogno di voltarmi per capire chi sia.

«Sam, hanno bisogno della tua carta di identità» dice Cameron rivolgendo un tenero sorriso alla sorella.

Ritrovarmelo qua davanti mi fa un effetto stranissimo: ormai sono trascorsi due mesi dall'ultimo ballo dell'high school e dal giorno in cui abbiamo fatto la nostra scelta.

«Oh, scusa, me ne sono dimenticata.» Sam fruga nella tasca della sua borsa. «Porti tu dentro le mie valigie? Pesano parecchio.»

«Sì, certo, sfrutta pure tuo fratello» ironizza lui e, dopo avermi lanciato un'occhiata di sfuggita, si volta.

Lo guardo allontanarsi e rimango incantata. Il sentimento che speravo fosse ormai spento, in questo momento sembra essere più vivo che mai. In fondo, due mesi non sono sufficienti per dimenticare un amore così complicato e, allo stesso tempo, intenso. Le domande si susseguono rapide nella mia testa. *Ma che diavolo ci fa Cameron qui? Non aveva delle cose importanti da fare a Miami?*

«Posso spiegarti» dice subito Sam preoccupata, intuendo le mie perplessità.

Mi volto verso di lei, pronta ad ascoltare.

«Sarò sincera, Cris. So che sarebbe venuto da ormai due settimane, ma avevo paura di dirtelo. Temevo che a causa della sua presenza non volessi più venire. Mi dispiace...»

«Non ti preoccupare. Il fatto che non stiamo più insieme e che non ci siamo sentiti per molto tempo non avrà conseguenze sulla nostra amicizia. Non avrei mai rinunciato a questo viaggio per una stupidaggine simile» spiego cercando di sembrare più convincente possibile.

La verità è che ci avrei pensato due volte prima di partire. Senza volerlo, mi torna in mente il giorno in cui io e Cam abbiamo preso la decisione di andare avanti con le nostre vite lasciandoci alle spalle il nostro passato insieme. Eravamo sicuri che non ci saremmo rivisti per chissà quanto tempo, e invece eccoci qua, a trascorrere una settimana insieme alle isole Hawaii, per giunta nello stesso appartamento. Ma in fondo, cosa potrebbe mai succedere in una settimana?

Ti stai veramente ponendo questa domanda? Ti ricordo che a Miami in una settimana succedevano fin troppe cose, mi ricorda la mia coscienza.

«Meno male! Cameron non era sicuro della tua reazione. Insomma, non voleva creare problemi... ma io gli ho detto che ero sicura che non ti sarebbe dispiaciuto» confessa Sam, e in questo momento la farei sparire senza troppi rimpianti.

Perché Sam deve sempre mettersi in mezzo? È una domanda per la quale non credo avrò mai una risposta.

«Oh, grazie per avermelo chiesto, Sam» ribatto un po' stizzita.

«Mi dispiace tantissimo... Ma pensavo che vi avrebbe fatto bene passare un po' di tempo per... Che ne so... cercare di riallacciare i rapporti e magari... Non so... Diventare amici» balbetta.

«Certo, Sam... come no.»

Quasi scoppio a ridere. Sappiamo entrambe fin troppo bene che, in passato, più volte io e Cameron abbiamo cercato di diventare 'amici' ma il tentativo è sempre fallito miseramente.

«Sarà divertente, dài, ne sono sicura» commenta facendomi l'occhiolino. «Dài, raggiungiamo gli altri. Non vedo l'ora di sistemare le cose nella nostra stanza e fare un giro per Honolulu. Cloe ha già stilato la lista dei negozi migliori da vedere.»

Sam mi trascina con sé dentro l'appartamento.

«Criiis!» grida Cloe venendomi incontro e stringendomi forte. «Mi sei mancata tantissimo! Che bello non doverti più vedere solo attraverso il monitor di un computer.»

Riabbracciare i miei amici dopo più di un anno è una sensazione fantastica. Mentre li saluto tutti, sento l'adrenalina impossessarsi del mio corpo. Non voglio che questa settimana passi in fretta...

Riabbracciare Trevor mi fa uno strano effetto: non mi era mai capitato di stare lontana da lui per così tanto tempo!

I ragazzi non impiegano molto a sistemare le loro cose, be', quasi tutti... Susan si è portata dietro quattro valigie piene di chissà quali cose inutili, perciò quando noi cerchiamo su internet il percorso più veloce per il centro città, lei è ancora alla seconda valigia. Alla fine decide di restare in hotel con la scusa del jet lag, insieme a Taylor, che si è addormentato sul divano del salotto. E sappiamo bene che quando quel ragazzo passa tra le braccia di Morfeo, è impossibile riportarlo sulla terra. È una *mission impossible*.

Honolulu è una città assolutamente fantastica. L'allegria delle persone del posto, la curiosità dei turisti che scattano foto in continuazione, i colori vivaci dei souvenir mi mettono subito di buonumore; non mi dispiacerebbe passare qui il resto della mia vita.

Non riusciamo a vedere molto della città perché Taylor, dopo neanche due ore, ci chiama e ci invita a tornare in hotel prima che il sole cali per ammirare il meraviglioso tramonto sulla spiaggia.

Arriviamo all'hotel col fiatone e quando raggiungiamo la spiaggia, Taylor e Susan sono già seduti sulla sabbia calda.

«Ero sicuro che ve lo sareste perso!» commenta Taylor alzandosi in piedi per avvicinarsi a Cloe e darle un leggero bacio sulla fronte.

Ci sistemiamo, in attesa del tramonto. Il paesaggio davanti a noi è spettacolare. Il sole scende lentamente facendosi spazio tra i nuvoloni e tingendo il cielo di un arancio acceso.

«Wow» sussurra Nash stringendo Sam accanto a sé.

«Ragazzi, a costo di sembrare uno stupido sentimentale, ma sono davvero felice di essere qui con voi» dice Trevor tenendo lo sguardo fisso sul cielo.

«È così triste...» sussurra Cloe con un filo di voce.

«Cosa?» domando curiosa.

«Che questa potrebbe essere la nostra ultima settimana insieme. Intendo, tutti insieme.»

L'università è alle porte, mancano pochissime settimane all'inizio dell'anno accademico. A breve saremo tutti sparsi per l'America, impegnati con i nostri studi e concentrati sui nostri progetti.

«Non sono pronta a ricominciare...» dice Sam.

«Sarà quel che sarà, intanto godiamoci questo momento di tranquillità» conclude Cameron e non posso evitare di voltarmi nella sua direzione. A quanto pare lui ha avuto la mia stessa idea, e i nostri sguardi si incrociano facendomi scorrere brividi lungo il corpo.

Allontano dalla testa qualsiasi pensiero legato a Cam e al nostro passato e decido di godermi il tramonto. Il silenzio cala su di noi mentre l'ultimo raggio di sole sparisce, risucchiato dall'infinità dell'oceano.

Mi torna in mente ciò che ha detto Sam sul ricominciare da capo. Sono eccitata all'idea di iniziare il college, ma i dubbi continuano ad assalirmi. *Che cosa succederà? Ci saranno altri problemi?*

«Ora possiamo rientrare? La sabbia comincia a diventare fredda e in più mi si è appiccicata sulla pelle e prude. Mi verrà un'irritazione» si lamenta Susan alzandosi in piedi e supplicando Trevor con lo sguardo affinché la segua.

Ah sì, dimenticavo che con noi c'è anche lei...

3

«Sì, e la cosa più buffa è stato quando siamo arrivati alla pista e lei ha fatto una caduta epica!» racconta Taylor parlando della prima volta che Cloe ha cercato di andare con lo skateboard.

Lei gli lancia un'occhiataccia mentre tutti noi ridiamo immaginando la scena. In realtà neanche il mio primo tentativo sullo skate fu un successo...

«Vi ricordate la prima volta di Cris sullo skate?» domanda Taylor incuriosendo Trevor e gli altri ragazzi che non erano presenti quel giorno.

«Tay, non credo ci sia bisogno di raccontarlo» lo avverto facendogli capire che quella storia non deve essere assolutamente raccontata! Ma ovviamente il mio è un tentativo inutile...

«Cris stava ancora con Matthew e lui, da bravo fidanzato, le aveva chiesto di raggiungerci alla pista...» continua con il racconto e io non posso fare a meno di puntare lo sguardo su Cam, seduto qualche posto più in là.

Non ho ancora avuto occasione di parlargli e, anche se so che non dovrei, ci terrei davvero a sapere almeno come stanno andando le cose con l'università e se è veramente riuscito ad andare avanti come mi aveva detto l'ultima volta che ci siamo visti. Pensavo non stesse dando ascolto al racconto di Taylor, visto il suo sguardo perso nel vuoto, ma mi rendo conto di essermi sbagliata quando Tay dice: «...ha centrato in pieno un povero ragazzo che stava tranquillamente facendo qualche flick con lo skate! Dovevate vedere la faccia di Cris quando ha capito cos'era successo.»

A questo punto Cameron sorride e commenta con la sua voce profonda: «Stava per uccidere quel povero ragazzo.» Mi rivolge un tenero sorriso e mi fa l'occhiolino, come se stesse cercando di dirmi 'Mi ricordo quel giorno. Eri davvero una frana'.

Taylor prosegue con il racconto, facendo ridere tutti e incavolare Susan, che si sente offesa per non essere stata invitata quel giorno.

A fine serata, verso mezzanotte circa, decidiamo di andare a letto e di sistemarci nelle nostre stanze. Noi ragazze tutte in un'unica camera, i ragazzi in un'altra.

All'una di notte continuo a rigirarmi nel letto tra le coperte, non riesco a chiudere occhio. Sarà colpa dell'agitazione, della stanchezza o del caffè che ho bevuto mentre stavamo facendo obbligo o verità tutti insieme.

Il mio sguardo scorge involontariamente la luna piena fuori dalla finestra, e sento dentro di me una grandissima voglia di uscire e di vederla riflessa nello specchio d'acqua. Prendo il cellulare per scattare qualche foto, ma so che non saranno scatti eccellenti: per quelli servirebbero strumenti migliori.

Con passi molto leggeri riesco a uscire dall'appartamento senza svegliare nessuno, e scendo le scale poco illuminate fino al piano di sotto.

Mi tolgo le scarpe e appoggio i piedi sulla sabbia morbida. Una gigantesca luna piena illumina perfettamente la spiaggia, non c'è nemmeno bisogno di lampioni o di luci perché si vede tutto. Passeggio avanti e indietro chiudendo ogni tanto gli occhi per concentrarmi sul rumore delle onde che si infrangono sugli scogli e sulla sabbia.

Lascio che l'acqua fredda dell'oceano mi scorra tra le dita.

«Sapevo che eri tu» ridacchia qualcuno dietro di me.

Quando mi volto, i suoi capelli scuri dritti vengono illuminati dai raggi lunari. E non solo quelli, la sua maglietta bianca è perfettamente incollata al corpo, mettendo in mostra le curve dei suoi pettorali.

«Ti ho sentita uscire dall'appartamento. Non sei stata molto silenziosa» continua avvicinandosi con le mani nelle tasche dei pantaloni e lo sguardo puntato verso l'orizzonte.

«Ma se non ho svegliato nemmeno Susan!» rispondo sorridendo. Se c'è una cosa che Trevor odia in particolare di Susan, è la sua tendenza a svegliarsi per qualsiasi minimo rumore. Basta che di notte Trevor si alzi per andare in bagno e quando torna, la trova sveglissima.

«Okay, lo ammetto. Ero sveglio anche io.»

Trattenere il sorriso è impossibile. In un certo senso, mi fa piacere che lui mi abbia seguita. Non rivolgergli parola per due mesi è stato difficile. Nessuna chiamata, nessun messaggio, nessuna informazione da Sam o dagli altri ragazzi. Questi erano i patti.

Li abbiamo stabiliti la notte in cui mi ha raggiunto a Los Angeles per il mio ultimo ballo scolastico. Lo ha fatto perché ci teneva a mettere fine al liceo insieme a me, come se fosse stato l'ultimo tassello di un puzzle che, una volta completato, va messo da parte per poterne cominciare uno nuovo. Nessuno dei due doveva più avere informazioni sull'altro per rendere tutto più semplice. Non ho avuto alcun problema ad accettare la sua proposta! Sapevo bene che le cose non avrebbero funzionato e che una volta arrivata a Los Angeles le complicazioni con Cameron sarebbero solo aumentate. Per quanto dura, porre fine alla nostra relazione era la cosa più giusta da fare in assoluto.

Al solo ricordo di quella notte sento il cuore battere a mille e le gambe tremare.

«Allora... Come va?» chiede Cam. È una domanda molto semplice, molto banale e la risposta dovrebbe essere la più ovvia tra tutte: 'Bene.' Ma la verità è che più passano i secondi in cui sto accanto a lui e più mi sento mancare l'aria. Non si dimentica il primo amore. I sentimenti forti restano sempre, come se fossero stati spinti con forza nel punto più profondo del cuore. Ogni volta che rivedo Cameron, quel sentimento così tanto nascosto esce allo scoperto.

«Tutto bene, tu?» Respiro profondamente per mantenere la calma. Ma che diavolo mi sta prendendo? Questo pomeriggio non davo alcuna importanza alla presenza di Cameron. Non mi cambiava nulla. Adesso è come se tutto fosse cambiato improvvisamente.

«Bene!... Sam mi ha confessato che non ti aveva avvertita del fatto che ci sarei stato anche io. Spero che non ci siano problemi» dice.

«No, certo che no. Le cose tra noi sono già state messe in chiaro, quindi non ho alcun problema» spiego spostando il peso del corpo da una gamba all'altra per l'agitazione.

«Giusto, a Los Angeles! A proposito, come vanno le cose lì?» domanda, ma si capisce benissimo che il suo obiettivo è un altro: capire come vanno le cose con Ben.

Faccio finta di niente, e rispondo semplicemente: «Tutto bene! Non vedo l'ora di cominciare a frequentare l'università. Spero tanto di avere la stessa fortuna dei miei genitori e di riuscire a stringere amicizia con qualcuno!»

«E... E con Ben? Voglio dire, tutto bene, giusto? State insieme, no?» balbetta abbassando lo sguardo e passandosi la mano tra i capelli, segno che è terribilmente nervoso.

«Sì, stiamo insieme da quando te ne sei andato via, più o meno. E sì, va tutto bene per adesso» mi limito a dire. Non c'è molto da aggiungere su me e Ben, in realtà. La nostra relazione è normalissima, non di certo complicata e tormentata come quella che avevo con Cameron.

«Bene, sono contento per te!» risponde con un sorriso finto.

«E tu? Come vanno le cose a Miami?» domando veramente curiosa di sapere tutto.

«È un po' strano adesso che non ci sei... Intendo nel gruppo. Ma va tutto bene.»

«E con le ragazze?» chiedo ancora prima che il mio cervello possa elaborare una domanda meno diretta.

«Uh, qualcuno è troppo curioso» osserva Cameron, facendomi sorridere. Mi mancava questo lato scherzoso del suo carattere. Mi è sempre piaciuto quando mi prendeva in giro, perché riusciva a strapparmi un sorriso anche quando non ne avevo assolutamente voglia. «Se volevi sapere se sono ancora libero bastava chiedere» continua scherzando.

«Cam...» rispondo.

«Ho avuto un paio di relazioni, ma niente di che. Non ho ancora trovato una ragazza che riesca a convincermi ad avere di nuovo una storia seria.»

«La troverai, prima o poi...» sussurro.

«La questione è diversa. Quella ragazza l'ho già trovata, ma non posso averla» spiega guardandomi dritto negli occhi mentre pronuncia ogni singola parola. «Quindi, credo che passerà parecchio tempo prima di riuscire a sostituirla.»

Il silenzio che segue dopo è straziante. Non so come rispondere per distogliere l'attenzione da quell'argomento, perciò mi limito a dire: «L'importante è riuscire ad andare avanti e capire fin da subito quali sono le cose giuste da fare, no?»

«Se fossi rimasta a Miami, come ti immagini che sarebbe finita?» chiede ignorando la mia domanda precedente.

«Credo allo stesso modo... Il problema dell'università si sarebbe riproposto e ci avrebbe creato comunque parecchi problemi» ipotizzo sfregando le mani sulle braccia fredde a causa della brezza notturna che soffia leggera.

«Forse hai ragione. D'altronde, chi avrebbe il coraggio di affrontare una relazione a distanza? Si sa che non funzionano» dice forzando un sorriso. Mi piacerebbe dirgli che *io* ci credo. Credo nelle persone che sono destinate a stare insieme e che proprio per questo riusciranno sempre a ritrovarsi anche a distanza di tanti anni. «Dài, andiamo dentro... Domani ci aspetta una lunghissima giornata!»

Torniamo in hotel ed entriamo nel nostro appartamento, che in questo momento è talmente silenzioso da far paura. Proseguiamo nel piccolo corridoio che divide le nostre stanze e arrivata davanti alla mia, sussurro: «Buonanotte.»

Afferro la maniglia, pronta a entrare senza neanche aspettare una sua risposta, ma ciò che mi dice mi blocca immediatamente. «Buonanotte e... Comunque, sono contento che Sam non ti abbia detto che ci sarei stato anche io. Non saresti qui.» E quando mi volto lo vedo sorridere.

4

«Non abbiamo alcuna intenzione di andare in giro, oggi. Di cos'altro abbiamo bisogno se non della splendida spiaggia e del sole? La gita a Honolulu la possiamo fare anche domani, mi spiegate cosa vi cambia? Siamo arrivati solo ieri e dopo un viaggio lungo e stancante abbiamo tutti bisogno di un giorno di riposo. E poi, se facessimo il viaggio, non ce la faremmo a tornare indietro in tempo per la bellissima serata che ho organizzato» si lamenta Susan.

Quando mi hanno proposto di portarcela dietro, mi sono presa qualche minuto prima di dare una risposta definitiva.

La verità è che io e Susan non abbiamo più il rapporto cane e gatto di un tempo, ma non riusciamo comunque a sopportarci per più di due ore consecutive. Il motivo? Abbiamo pensieri e caratteri troppo diversi e basta davvero poco per perdere la pazienza. Perché continuiamo a rivolgerci la parola dopo tutto quello che è successo alle superiori? Semplice, per Trevor. Per lui stava diventando una situazione troppo complicata: gestire sia me che Susan era impossibile. Perciò entrambe abbiamo deciso di darci una piccola tregua, solo per il bene di Trevor.

Io e i ragazzi avevamo in mente una giornata spettacolare: una bella gita nelle foreste di Honolulu. Dalle foto che ho visto su internet devono essere splendide e piene di cose interessanti da vedere. Spero solo che nessuno badi a Susan e che anzi, Trevor provi a convincerla a venire con noi.

«Ma avevamo già organizzato» ribatte Sam.

«Possiamo spostarla a domani! Abbiamo l'intera settimana per la vostra stupida gita nella giungla selvaggia. Non preferireste passare la giornata in spiaggia tutti insieme, e poi la sera andare a divertirci come fanno tutte le persone normali a quest'età?» sbuffa Susan.

Qualcuno sta già cedendo, lasciandosi attirare dai piani di Susan. Si capisce dal modo in cui a Cloe luccicano gli occhi quando sente parlare di divertimento notturno. È tipico di lei.

«Facciamo a votazione? Mi sembra giusto» propongo, sperando che la maggioranza scelga di fare cose decisamente più importanti. Ma mi rendo conto di essermi sbagliata quando per un voto siamo costretti a sottometterci ai piani di Susan, la quale si mette a saltellare dalla gioia. Prende il borsone per la spiaggia e si trascina con sé il povero Trevor, che la segue senza lamentarsi.

Sento la rabbia salire lentamente dentro di me, perciò prendo un respiro profondo e mi allontano dai miei amici per calmarmi. Mentre mi avvicino alla mia stanza, sento dei passi pesanti dietro di me e quando mi siedo sul letto e lo vedo entrare nella stanza, non rimango stupita nel vedere che si tratta di Cameron.

Sembra di essere tornati ai vecchi tempi, quando io stavo male per qualche motivo e lui era lì, pronto a starmi accanto e a consolarmi. Immagino che mi abbia seguita anche oggi per pura abitudine, perché certe cose non cambiano proprio mai. Anzi, i sentimenti che si provano per una persona non cambiano mai, anche se si cerca di negarlo.

«Chi diavolo è stato il genio che ha voluto Susan con noi alle Hawaii? Vi avevo detto che non sarebbe stato per niente divertente!» si lamenta Cameron sedendosi sul letto accanto a me.

«L'abbiamo fatto per Trevor. Sarebbe anche venuto da solo, ma non gli piace mentire a Susan, soprattutto perché lei lo scopre subito» spiego. «Non mi dispiace che sia venuta, ma non sopporto che si metta a cambiare tutti i piani all'ultimo minuto. Che senso ha stare qui tutto il giorno?»

«Trevor poteva anche starsene a casa» commenta.

«Cam...» sussurro. Nonostante tutto, lui non riesce ancora a perdonarlo per ciò che è successo quella volta che siamo andati a Los Angeles. Già, Cameron raramente dà una seconda possibilità alle persone.

Il ragazzo dagli occhi scuri sorride e punta lo sguardo su di me, come se avessi appena fatto qualcosa in grado di metterlo di buonumore.

«Cosa c'è?» chiedo curiosa.

«Mi mancava sentirti dire il mio nome.» Un sorriso cresce lentamente sul mio volto.

Apro la bocca per parlare, ma vengo interrotta dal mio cellulare che comincia a squillare. Mi alzo dal letto e controllo il nome sullo schermo: Ben.

Do una piccola occhiata a Cameron prima di rispondere alla chiamata. Ben non sarà mai Cam. Non riuscirà mai a prendere il suo posto, ma almeno riesce a rendermi felice e a farmi stare meglio. Non sono innamorata di lui, stiamo insieme da poco tempo. Il mio obiettivo era togliermi Cameron dalla testa, ma a quanto pare è una missione impossibile.

«Ben» rispondo, e con la coda dell'occhio vedo Cam irrigidirsi e abbassare lo sguardo, come se l'avessi appena ferito.

«Tesoro, tutto bene? Ho aspettato la tua chiamata ieri sera, ma a quanto pare te ne sei dimenticata» mi ricorda Ben.

Accidenti, me ne sono proprio dimenticata!

«Sì, scusa, sono stata impegnata con le valigie e tutto. E poi, ero anche stanchissima e sono andata a letto presto» mento.

«Va bene, non ti preoccupare» dice dolcemente. La chiamata non dura molto per fortuna. L'unica cosa che mi dà fastidio è il fatto che Cameron non si sia nemmeno scomodato a uscire dalla stanza per lasciarmi da sola. Anzi, è rimasto seduto per tutta la chiamata, ascoltando con la massima attenzione.

Quando chiudo la chiamata, Cam chiede: «Ci è cascato sul serio? Davvero?»

Se c'è una persona in questo mondo che riesce sempre a capire quando mento, è Cameron. Non so come faccia, ma è proprio così.

«Andiamo, i ragazzi ci stanno aspettando» cambio discorso facendolo sorridere di nuovo. A quanto pare è parecchio di buonumore, ed è un miracolo trovarlo così la mattina!

«Che cretino. Dovrei dargli delle lezioni su come capire quando menti» continua camminandomi accanto mentre esco dalla stanza.

«Lezioni? Addirittura? Ci sono così tante cose da dire su di me?» scherzo.

«Sì, parecchie lezioni. Ma non mi dispiacerebbe, passerei volentieri il resto della mia vita a parlare di te» dice con naturalezza, mentre io mi sento mancare l'aria. Il tempo passa, eppure quello che provo per lui resta immutato. Non è cambiato assolutamente nulla tra noi due, ed è come se a Los Angeles non ci fossimo detti niente. Lui è sempre il solito Cameron Dallas che riesce a farmi innervosire, sorridere, piangere, disperare, divertire e a farmi sentire ancora innamorata di lui. Lui è unico. Non ci sono dubbi.

«Cos'è successo al vecchio Cameron Dallas? Da quando sei così sdolcinato?» lo prendo in giro e lui scoppia a ridere.

«La parola 'dolce' non esiste nel mio vocabolario. Volevo solo fare colpo, e dalla tua reazione capisco di aver fatto centro, perciò posso ritenermi soddisfatto.» Mi passa accanto con aria soddisfatta e raggiunge Nash, pronto con il pallone in mano.

Scuoto la testa e sollevo gli occhi verso il cielo. Già, certe cose proprio non cambiano mai e sono contenta così.

La giornata passa abbastanza in fretta tra giochi in spiaggia, momenti in cui stiamo al sole e altri in cui ci facciamo il bagno nell'acqua limpida dell'oceano. E non mancano gli scherzi al povero Taylor! Non gli diamo neanche un attimo di tregua, nemmeno mentre cerca di addormentarsi sotto il sole. Cam e Nash gli lanciano apposta il pallone bagnato addosso, e Taylor ovviamente ogni volta si arrabbia da morire. Ma è talmente buffo che è impossibile non scoppiare a ridere.

«Tra un po' dobbiamo cominciare a prepararci per la splendida serata a Honolulu» canticchia Cloe mentre galleggia sul materassino gonfiabile.

Io e Sam le rivolgiamo subito un'occhiataccia. Già, lei è stata il voto decisivo per l'approvazione della scelta di Susan. In un certo senso, non è stata una sorpresa perché sappiamo tutti quanto Cloe ami andare a divertirsi, ma sono comunque delusa dal fatto che non sia stata dalla mia parte.

«Cloe, solo una cosa: zitta» commenta Sam.

«Non ve la sarete mica presa con me? Sapete entrambe che Susan ha ragione. Si dice: 'Goditi la vita fino in fondo.' E io preferisco farlo in questo modo: galleggiando sull'acqua, prendendo il sole e andando a prepararmi per passare la serata insieme ai miei amici. Al diavolo la gita!» spiega Cloe sistemandosi gli occhiali da sole e continuando a godersi il momento.

«Non c'è niente di male a passare una giornata a vedere cosa c'è su quest'isola. Mi sembra una perdita di tempo stare qui tutta la giornata» dico.

«Relax, ragazze» sospira Cloe. «Siete troppo tese.»

Sam e io ci scambiamo un'altra occhiata e subito ci capiamo, come se ci fossimo parlate telepaticamente. Nuotiamo silenziosamente verso il nostro bersaglio e buttiamo giù dal materassino la biondina traditrice. Scoppiamo a ridere e ci battiamo il cinque.

Cloe riemerge furiosa dall'acqua e noi scappiamo via. Mi manca l'aria a causa delle risate e della nuotata per tornare a riva, ma ne è valsa assolutamente la pena.

«Smettetela di fare chiasso voi tre!» ci riprende Susan, ma non mi importa. Facciamo ciò che ci pare.

Cloe continua a rincorrerci, quindi io e Sam andiamo a nasconderci dietro ai ragazzi. Afferro le braccia muscolose di Cameron e mi nascondo dietro di lui, continuando a ridere e a prendere dei respiri profondi per calmarmi.

«Basta. È ora di andare a prepararci» avvisa Cloe con il fiatone. «E abbiamo poco tempo, dato che voi due signorine passerete i prossimi trenta minuti ad asciugarmi i capelli.»

Quando mi sposto, Cameron mi afferra il polso e con un bellissimo sorriso in volto dice: «Prego, piccola. È stato un piacere farti da scudo per difenderti da una Cloe furiosa.»

5

«Non trovo il mascara» si lamenta Susan correndo avanti e indietro per la nostra piccola stanza. Più passa il tempo più non riesco a sopportare questa ragazza. Pochi minuti fa si è messa a gridare per l'appartamento perché si è sbavato leggermente il trucco... Sono venuti i vicini per controllare che tutto fosse a posto. Pensavano che qualcuno si fosse fatto male, invece era solo una ragazzina in crisi.

«Dov'è il mio vestito?» E oltre a fare troppe domande, non si è ancora vestita. Siamo quasi tutte pronte, lei no. Lei è ancora con l'accappatoio e le ciabatte.

Cerco di prepararmi il più velocemente possibile solo per uscire da questa stanza, troppo piccola per contenere tre ragazze e una furia.

Sistemo il vestito nero ed esco per raggiungere i ragazzi, che ovviamente sono già tutti pronti in salotto. Non ci hanno messo molto: si sa, per i ragazzi mettersi una maglietta e un paio di pantaloni non è un grandissimo problema.

«Riusciresti a tranquillizzare la tua ragazza? Mi sto leggermente pentendo di aver accettato di farla venire con noi in vacanza» scherzo rivolgendomi a Trevor.

«Credimi, me ne sto pentendo anche io...» sussurra lui più serio di quanto mi stessi aspettando.

Attraverso la stanza per andare a sedermi su uno dei divani liberi e noto lo sguardo di Cameron puntato su di me.

Con i suoi occhi profondi segue ogni mio singolo passo, fino a quando non mi accomodo e mi sistemo. Sento uno strano calore nascere dentro di me mentre gioisco di nascosto per essere riuscita a fare colpo su di lui. In realtà non era proprio mia intenzione, anche perché se fosse stato questo il mio obiettivo sarei rimasta dentro a quella stanza ancora a lungo, ma mi fa comunque uno stranissimo effetto sapere che, dopo tutto, ciò che prova per me sembra non essere per niente cambiato.

«Dove sono le mie scarpe?» Sentiamo la voce acuta di Susan, e finalmente Trevor si alza per andare a parlarle.

Dopo un'altra buona mezz'ora, ecco che finalmente la principessina esce dalla stanza tutta conciata per bene, e siamo pronti per andare nel famoso locale di cui tanto Susan ci ha parlato per tutta la giornata. Giuro, sembrava aver imparato a memoria tutte le informazioni riguardanti quel posto.

«Ma che diamine si è messa? Sembra un confetto» ridacchia Taylor quando Susan ci passa davanti.

Gli tiro una gomitata per farlo stare zitto. Susan non è la benvenuta, ma non è carino fare battutine su di lei quando è a qualche centimetro di distanza da noi.

Aspetto che tutti escano dall'appartamento e chiudo a chiave la porta, poi mi preparo a scendere le scale con i 'trampoli' che ho messo. Odio i tacchi, non smetterò mai di dirlo. Ma quando Cloe insiste, è impossibile dirle di no.

«Vuoi che ti aiuti?» domanda Cameron risalendo le scale. «Ricordo che non ami molto i tacchi.» *Perché mai dovrebbe ricordarsi una cosa così stupida?*

«No, ce la faccio» rispondo sicura di me, ricevendo come risposta una sua risata sonora.

«Ricordo anche che sei parecchio testarda.»

Mi porge la mano e, dopo aver finto un po' di non essere d'accordo, l'afferro e mi lascio guidare lentamente. Quando arriviamo quasi a metà della rampa di scale, allunga un braccio dietro la mia schiena e mi afferra la vita. Inutile dire che il mio corpo reagisce esattamente come la prima volta che ho sentito il suo tocco sulla mia pelle.

Cancello dalla testa qualsiasi pensiero su Cameron e cerco di ricordarmi che mi sono, anzi, ci siamo promessi di andare avanti e di non pensare più al passato. Sto con Ben.

L'atteggiamento di Cameron non fa altro che mettermi in confusione: certo, continua a comportarsi come se non fosse successo nulla e come se per adesso il suo unico obiettivo fosse quello di riportare le cose allo stato precedente. Ma io devo cercare in tutti i modi di non lasciarmi influenzare e mantenere il mio proposito: stargli lontano. *Mission impossible,* Cris, mi ricorda la mia testa.

Quando arriviamo al piano di sotto e raggiungiamo gli altri, sento il mio cuore ricominciare a battere e il mio respiro farsi sempre più regolare. Spero solo che Cameron non si sia accorto dell'effetto che mi ha fatto.

Prendiamo il nostro taxi e in pochi minuti arriviamo davanti al famoso locale, super affollato dato che sono quasi le dieci di sera, orario in cui tutti si riuniscono per entrare.

«E ora?» domanda Nash infastidito dal gran numero di persone in fila all'ingresso.

«Ringraziamo Susan, che ne dite?» propone Taylor lanciando un'occhiataccia alla biondina, la quale risponde con un sorrisino falso.

Aspettiamo fuori mentre la gente continua ad arrivare e ad aggiungersi. È un vero sollievo quando finalmente riusciamo a entrare... Be', sollievo si fa per dire, dato che è pienissimo e si fa fatica a respirare.

«Andiamo a ballare!» urla Sam trascinandomi con sé in mezzo ai corpi sudati dei ragazzi che sono entrati prima di noi. Susan e Cloe ci seguono e cominciamo a ballare. Mi lascio trasportare dalla musica che rimbomba ad alto volume in tutto il locale.

Ci divertiamo, ridiamo, balliamo lasciando che sia il ritmo della musica a guidare i nostri movimenti... cosa potrei chiedere di più in questo momento? I ragazzi ci raggiungono e si mettono in cerchio attorno a noi, quasi come a creare una specie di barriera tra noi e il resto delle persone.

Dopo un po' decidiamo di allontanarci per bere qualcosa.

Per esperienza personale, decido di evitare cocktail alcolici e chiedo solo un bicchiere d'acqua. Non voglio finire nei guai con nessuno.

«Dell'acqua? Seria?» ride Cameron mettendosi accanto a me per aspettare che la cameriera gli porga il cocktail che ha ordinato.

«Dovresti anche ricordarti che non vado d'accordo con l'alcol» dico prendendo il bicchiere con la mia freschissima acqua.

«Non ti potrebbe succedere nulla di male. Ci siamo noi con te! Al massimo potresti trovarti di nuovo nella mia stanza, ma non sarebbe una novità. Certo, il letto è piccolo e scomodo, ma saresti pur sempre con me» mi prende in giro, o almeno lo spero. Lo guardo con attenzione per cercare di capire se abbia già bevuto qualcosa per avere il coraggio di dire una cosa del genere, ma è sempre stato accanto a me e non l'ho mai visto bere.

«Wow, se quella è una delle opzioni allora preferisco continuare a bere la mia acqua» rispondo fissandolo per cercare di capire la sua reazione.

Scuote la testa e sorride, poi afferra il suo bicchiere e, prima di bere, si avvicina al mio orecchio e sussurra: «In tal caso sarò io a svegliarmi nella tua stanza. Bevi pure l'acqua, ho bisogno che uno di noi due sia abbastanza sveglio da aiutare l'altro a centrare il letto.»

Se ne va via, lasciandomi a bocca aperta. *Ma che diamine sta succedendo? E perché sento il mio cuore andare a mille, come se stesse per esplodermi?* Finisco subito l'acqua e decido di uscire dal locale per prendere una boccata d'aria fresca. Qua dentro comincia a fare davvero troppo caldo.

Mi allontano con l'obiettivo di uscire, ma qualcuno mi afferra il polso. In preda al panico mi volto di colpo e mi tranquillizzo quando vedo che si tratta solo di Taylor, che questa sera indossa una delle sue bandane fluo che utilizza solo in queste occasioni.

«Balla» quasi grida per farsi sentire sopra la musica ad alto volume.

Non riesco a dirgli di 'no', perché non mi dà nemmeno il tempo di dargli una risposta. Per certi aspetti, lui e Cloe si assomigliano parecchio...

Riesce a farsi spazio senza troppi problemi e in pochi minuti raggiungiamo il nostro gruppo di amici. Susan e Trevor si fissano con intensità mentre i loro corpi si muovono lentamente, nonostante il ritmo molto rapido della canzone. Sam e Nash si divertono facendo anche delle piccole giravolte e ridendo, facendomi sentire davvero invidiosa della coppia perfetta che formano. Darei qualsiasi cosa per avere la fortuna della mia migliore amica. Cloe e Cameron ballano anche loro divertendosi, facendo ogni tanto anche dei buffi passi di danza. E poi ci siamo io e Taylor... Be', Taylor balla, o almeno ci prova.

Ogni tanto fa delle mosse un po' strane, come mettersi a saltellare su una gamba, o sollevare il braccio facendo segno a tutti di saltare, nonostante nessuno gli stia dando corda. Ma è proprio questo che mi piace di Mister Bandana! Non dà mai troppa importanza alle persone che lo circondano.

A un certo punto, la bandana fluo si allontana da me e raggiunge Cloe, lasciando spazio a Cameron, che non sembra per niente dispiaciuto. Non cerca neanche di negare la felicità e, purtroppo, nemmeno io.

La sua mano scivola subito verso il basso per afferrare la mia, mentre i suoi occhi restano impressi sui miei, lasciandomi quasi senza fiato. Quando si tratta di Cameron, bastano davvero dei piccoli gesti per far aumentare il mio battito cardiaco e per farmi quasi mancare l'aria. Cerco di fare l'indifferente e di seguire il ritmo della musica, ma è quasi impossibile. I suoi occhi sono troppo ammaliatori e non riesco a staccarmi da lui e a concentrarmi su altro.

La sua mano sfiora dolcemente la mia guancia per spostare una ciocca di capelli dietro all'orecchio e io chiudo istintivamente gli occhi per concentrarmi su quel tocco leggero. *Ma che diavolo sta succedendo?*

Stai facendo del male a Ben. Ti stai lasciando trasportare dai sentimenti. Stai sbagliando, mi ricorda la mia testa, ed è per questo che, con grandissimo sforzo, costringo me stessa a fare un passo indietro.

Ovviamente Cameron si preoccupa e chiede: «Tutto bene?»

«Sì» dico ad alta voce. «Ho bisogno di una boccata d'aria.» Scappo subito via. Non ce la faccio. Non posso stargli accanto perché è così che i miei sentimenti riescono a riaffiorare, e non va bene. Mi sono creata una vita a Los Angeles e non posso mandarla in frantumi per una stupida settimana passata alle Hawaii con il ragazzo di cui sono sempre stata innamorata.

«Ehi, Cris...» Cameron mi segue, ma mi accorgo della sua presenza solo quando ormai sono fuori dal locale. «...Fermati» continua col fiatone.

«Sono fidanzata» ribatto subito, senza alcun senso. Mi rendo conto solo dopo della cavolata che ho appena detto.

«E quindi?» chiede Cameron quasi divertito.

«E quindi devi smetterla di comportarti in questo modo. Devi smetterla di tentare la mia pazienza e di mettere alla prova i miei sentimenti. Ti conosco, e so benissimo dove vuoi arrivare. Ma sai anche che non possiamo» spiego rapidamente.

«Se in questo momento ti stai facendo così tanti problemi, significa che tra noi non è cambiato proprio nulla. E non dirmi che sono stato l'unico a percepire questa cosa. Nonostante le nostre decisioni, siamo finiti lo stesso qua, a comportarci esattamente come l'anno scorso. E a questo punto, non credi che sia ora di smettere di reprimere i sentimenti, e piuttosto di mostrarli?» domanda lasciandomi senza fiato.

«Cosa diamine vorresti dire con questo? Sei stato tu a raggiungermi a Los Angeles per rendere la serata indimenticabile e poi rovinarla con le tue stupide idee sulla distanza e sui motivi per i quali la relazione non avrebbe avuto alcun senso.» Sto perdendo la pazienza. Non può assolutamente venire qui per dirmi che lui ha cambiato idea.

«Non sembravi molto contraria alla proposta, però.»

«Perché pensavo che forse sarebbe stato il modo giusto per chiudere per sempre una relazione che stava facendo del male a entrambi. Ma se fosse stata esclusivamente una mia scelta, sai benissimo che un tentativo l'avrei fatto. Ti ricordo che sono stata io a piangere davanti alla porta della tua stanza prima della partenza per Los Angeles, solo per cercare di convincerti a ripensarci» dico sentendo un grandissimo nodo alla gola.

«Adesso non ha alcuna importanza. Ciò che sto cercando di dirti è che ci ho provato, dico sul serio. Ma il fatto è che non ci riesco. Non riesco a dimenticarti» sussurra facendo dei piccoli passi verso di me.

Non so se credergli o no. Per quanto questa storia mi stia facendo impazzire e per quanto ci tenga davvero a mettere in chiaro la situazione, decido di rimandarla al giorno dopo.

«Cam, sei solo ubriaco.» È l'unica spiegazione che mi viene in mente. Il Cameron cosciente che conosco non avrebbe mai avuto il coraggio di dirmi certe cose. Questo è solo il pensiero di un ragazzo che ha bevuto più del dovuto per questa sera e che ha bisogno di essere sistemato sotto le coperte.

Non risponde e, sconfitto, si volta per tornare dentro. Non restiamo ancora a lungo nel locale, e torniamo a casa per le due di notte perché sappiamo che il giorno dopo ci aspetta una gita faticosa e abbiamo bisogno di tutte le nostre energie.

Aiuto Cameron a tornare nella sua stanza e gli do una mano a mettersi a letto. Dopo la nostra chiacchierata, l'ho controllato e gli ho impedito di bere altro. Non volevo rischiare che la serata finisse veramente male perché sappiamo tutti che è meglio evitare che Cameron beva troppo.

«Buonanotte» sussurro prima di alzarmi dal letto.

«Ti amo, Cris» risponde facendomi bloccare immediatamente.

Quando mi volto per guardarlo, ha già gli occhi chiusi e il respiro più pesante a causa del sonno. Una parte di me spera che quelle parole siano state solo frutto della mia fantasia, ma l'altra parte di me sa benissimo che quel 'ti amo' è uscito dalle sue labbra.

6

«Vi muovete?» chiedo infastidita.

Questa mattina sembrano tutti degli zombie. Del resto, chi sarebbe in grado di stare in piedi dopo una nottata come quella di ieri? Eppure io li avevo avvertiti: 'Domani mattina non ce la farete a farvi la gita. Andate a dormire', ma non mi hanno dato ascolto, ovviamente. Dopo essere tornati dal locale, a parte Cameron e Taylor, gli altri ragazzi hanno preferito stare svegli ancora un po' e sono andati a letto verso le quattro del mattino.

«Piccola, non pensi di essere un po' troppo piena di energie?» sussurra con voce roca Cameron, avvicinandosi e mantenendo il mio stesso passo. Rabbrividisco appena sento quel 'piccola', e cerco di respingere ogni sentimento contrastante dentro di me.

«No, sono loro che sono troppo lenti» spiego dando un'occhiata ai ragazzi dietro di noi.

«Cris, Mister Bandana è a terra. Per favore, possiamo fermarci?» commenta Taylor con il fiatone. Ma se ha dormito più di tutti! Si è svegliato cinque minuti prima che mettessimo piede fuori dall'appartamento.

«Concordo. Ho davvero bisogno di mettere qualcosa sotto ai denti» aggiunge Nash.

Sbuffo per l'impazienza. Mi trovo insopportabile da sola oggi, non è per niente giornata. Tra i motivi c'è anche l'episodio di ieri sera, quando Cameron ha detto 'Ti amo, Cris'. So che era ubriaco e che probabilmente non se lo ricorda nemmeno, ma il fatto è che è stato così improvviso che mi ha lasciato senza fiato, e anche senza sonno dato che non ho chiuso occhio tutta la notte. Abbiamo preso la nostra decisione, eppure eccoci di nuovo qui a ricominciare quel ciclo d'amore e odio che ci ha accompagnati fin dal primo momento che ci siamo visti. Non ricascarci, Cris, dice una parte di me, e forse ha ragione. Ma non posso nemmeno non dare ascolto all'altra parte di me che suggerisce: Lui vuole. Vuole provarci. Dagli una possibilità.

E poi, siamo da due ore in questa foresta con questa stupida cartina in mano, ma delle cascate Manoa neanche l'ombra. 'Sono facili da trovare, se seguite la cartina' ci hanno detto gli abitanti della zona. In preda al panico, controllo di non aver messo la cartina al contrario e di aver seguito una strada sbagliata.

«E va bene, ma solo per qualche minuto finché controllo la cartina.» Mi siedo a terra e do un'occhiata.

«Non avrò nemmeno bisogno di andare in palestra dopo questa vacanza» commenta Cloe.

«Altro che palestra! Giuro che appena torno a casa mi fiondo sul mio grandissimo amore: il burro d'arachidi» ridacchia Sam tirando fuori dal suo zainetto un piccolo toast.

Qualcuno all'improvviso grida e tutti ci giriamo nella sua direzione. Non sono stupita quando scopro che in realtà si tratta di Susan! Lei non è per niente il genere di ragazza che ama stare in mezzo alla natura.

«Okay, c'è un gigantesco coso che sta strisciando per terra! Andiamocene via. Subito!» grida spaventando anche Cloe, la quale corre a nascondersi dietro a Taylor, che sembra più spaventato di Susan e Cloe messe insieme.

Cameron si alza con calma e va a controllare insieme a Trevor.

«È un bruco, Susan. Un piccolo bruco innocente» ridacchia Trevor guardando la sua fidanzata.

Penso sia stata una pessima idea chiederle di venire con

noi. Potevamo lasciarla in hotel, come ci aveva chiesto stamattina.

Decido di non farmi distrarre e di continuare a guardare questa stupida mappa, quasi incomprensibile. Se solo Google Maps prendesse anche qui...

«Posso stare qui? Non sopporto più quella là» si lamenta Nash sedendosi accanto a me. Mi sono sistemata in un posticino un po' più lontano dagli altri per potermi concentrare meglio sulla mappa, perciò Nash può essere sicuro che nessuno sia in grado di sentirlo.

«A chi lo dici...» sbuffo.

«Come vanno le cose tra te e Cameron?» chiede, lasciandomi quasi a bocca aperta. Non tanto per la domanda, ma per come non si sia fatto problemi a farla. Diretto, come sempre.

«Va bene» taglio corto.

«Sam aveva davvero paura di dirtelo... Non sapeva quale potesse essere la tua reazione, soprattutto dopo quello che avete deciso entrambi a Los Angeles.»

«Nash, sinceramente, sono venuta in vacanza proprio per allontanarmi dalla vita di tutti i giorni, non per ricordare le cose successe in passato. Voglio solo passare dei giorni tranquilli con le persone che amo di più» spiego prendendo un respiro profondo.

Non è per niente giornata, soprattutto per questo genere di discorsi.

«Non è che potresti darmi una mano? Non riesco a capire dove diamine siamo.» Cambio argomento scorrendo la mappa con gli occhi.

Nash sorride e tira la mappa verso di sé, come se avessi appena detto qualcosa di spiritoso.

«Cosa c'è?» chiedo curiosa.

«A quanto pare il senso dell'orientamento ti manca ancora» continua a ridacchiare e non posso fare a meno di tirargli un pugno sul braccio per fargli capire che la cosa non è per niente divertente. Non sono così imbranata come tutti credono... o forse sì... «Non dovremmo essere molto lontani in realtà. Abbiamo seguito correttamente il percorso tracciato.» Appena sento queste parole, la paura di esserci persi svanisce.

«Visto? Chi è che non ha il senso dell'orientamento?» chiedo ed entrambi ridiamo.

Mi mancava passare un po' di tempo con Nash. Con tutti i problemi che abbiamo avuto entrambi, non abbiamo avuto l'occasione di scambiarci qualche chiacchiera.

«E con Sam? Sembrate davvero felici» dico guardando la mia amica. Non sembra più la Sam di una volta, quella che preferiva escludersi dal resto del mondo e rinchiudersi nella sua piccola stanza, quella che soffriva a causa del fratello che non riusciva ad accettarla, quella che a scuola passava la ricreazione in un angolino da sola perché si sentiva inferiore agli altri.

«Va tutto bene. Abbiamo avuto la fortuna di essere accettati nella stessa università, perciò ci aspetta un anno davvero interessante.» Abbozza un piccolo sorriso malizioso. «Dài, credo sia ora di ripartire. Non vedo l'ora di farmi il bagno.»

Grazie all'aiuto di Nash riesco a convincere i ragazzi ad alzarsi e a proseguire, dato che manca davvero poco. Susan, come al solito, si lamenta almeno una decina di volte prima di decidere di darmi ascolto. Scommetto che se questa gita l'avesse proposta qualcun altro, non avrebbe fatto tutte queste storie per arrivare a una cascata.

Come previsto da me e Nash, in venti minuti siamo già davanti alla meravigliosa cascata Manoa. In foto sembrava già meravigliosa, ma dal vivo è ancora meglio. L'acqua cristallina sgorga dalle rocce, la natura ci circonda e il caldo rende la voglia di farsi il bagno ancora più forte. Tiro subito fuori la macchinetta fotografica e comincio a scattare qualche foto da mostrare ai miei genitori, Kate, Alexa, Ben e tutti gli altri. Intanto i miei amici si stanno togliendo i vestiti per poter fare il bagno.

L'obiettivo della macchina fotografica passa da Sam e Nash, che si tuffano subito in acqua, a Cloe e Susan, che si spalmano la protezione solare, a Trevor che come me scatta foto in giro, a Taylor che si sistema meglio la bandana azzurra e infine a Cameron, che si sta spogliando.

Mentre solleva la t-shirt blu, escono allo scoperto lentamente tutti i suoi muscoli, dagli addominali ai pettorali... Resto a bocca aperta davanti a quella meraviglia.

«Attenta a non sbavare, Evans» dice Susan passandomi accanto con il suo asciugamano rigorosamente rosa. «Quel corpo è stato toccato da così tante ragazze che nemmeno immagini, soprattutto da quando te ne sei andata via tu.»

Mi viene da star male al solo pensiero che altre ragazze abbiano sfiorato quella pelle dannatamente perfetta.

«Ma non ti preoccupare, a quanto pare è ancora fissato con te. Quello non è cambiato, e per questo ti invidio» confessa Susan guardandolo. Mi volto verso di lei sconvolta: Susan ha appena ammesso di invidiarmi per qualcosa. «L'avevo capito fin da subito che sarebbe successo qualcosa tra voi due, e le mie paure e gelosie non hanno fatto altro che avvicinarvi. In un certo senso, dovreste ringraziarmi tutti e due. Non sareste mai stati insieme se io me ne fossi stata al mio posto, a fingere che stesse andando tutto bene.»

Per quanto contorto possa essere questo ragionamento, Susan potrebbe avere ragione.

«Non ringraziarmi, sai» comincia a ridere lei allontanandosi e lasciandomi finalmente da sola.

Decido di appoggiare la macchinetta fotografica a terra e di cominciare a vivermi al meglio questa giornata. Mi tolgo i vestiti per restare in costume, e corro verso la cascata per farmi il meritato tuffo nell'acqua fresca.

Lascio che il tempo scorra in fretta mentre la mia testa cerca di collezionare più ricordi possibili. '*Abbi cura dei tuoi ricordi, perché non puoi viverli di nuovo*' diceva Bob Dylan, e aveva assolutamente ragione. Presto ognuno di noi tornerà alle proprie vite, con i propri problemi da risolvere e cosa potrà restare di questa bellissima giornata se non i nostri ricordi? Pronti a essere rivissuti nella nostra mente tutte le volte che lo desideriamo.

Voglio ricordare i miei amici così: felici, sorridenti, divertiti e rilassati.

Non riesco a smettere di ridere quando Cameron mi solleva sulle sue spalle per poter fare la lotta con Sam. In realtà, nessuno ci riesce. È come se la felicità si fosse impossessata dei nostri corpi per rendere memorabile questa giornata.

7

È stata davvero una giornata indimenticabile. Quando siamo tornati in hotel, non eravamo per niente stanchi, anzi, abbiamo riso per tutta la serata e ci siamo presi in giro rievocando vecchi ricordi del liceo.

Sono così rilassata che riesco a dormire profondamente tutta la notte e tra un sogno e l'altro rivedo ancora nella mia mente le immagini di ieri, come se le stessi vivendo una seconda volta.

Poi, a un certo punto, Taylor comincia a sussurrare una cosa molto vicina al 'Cris, svegliati' e apro gli occhi.

Subito capisco di aver confuso la voce di Taylor con quella di Cameron. I miei occhi incontrano i suoi e non posso fare a meno di notare la perfezione del suo volto anche a quest'ora del mattino. *Oh, aspetta, che ore sono?*

«Camer...» sussurro cercando di mettermi seduta, ma lui appoggia il suo indice sulle mie labbra e mi fa segno di stare zitta. *Posso avere un risveglio del genere tutte le mattine?*

«Seguimi» si limita a dire porgendomi la mano per aiutarmi ad alzarmi dal letto, e io accetto volentieri.

Sgattaioliamo via dall'appartamento cercando di fare più silenzio possibile, e scendiamo le scale per arrivare al piano terra. Non riesco a capire dove diamine voglia andare a quest'ora del mattino, ma la luce nei suoi occhi mi fa capire che si tratta di una cosa importante, perciò lo seguo senza fare troppe domande e lascio che sia una sorpresa per me.

Usciamo anche dall'hotel e ci dirigiamo verso la spiaggia. Mi fermo e resto immobile quando vedo Cameron andare sulla sabbia. Prendo un respiro profondo e cammino a piedi nudi.

L'aria del mattino è fredda e il vento mi procura piccoli brividi sulla pelle.

«Mi spieghi con che forza e coraggio ti sei svegliato questa mattina? Cosa ti ha spinto a scendere in spiaggia a quest'ora?» chiedo curiosa. Mi sembra ovvio che sia molto presto dato che in cielo non c'è alcuna traccia del sole.

«Avevo voglia di vedere l'alba» spiega sorridendo e facendo spallucce. «Non mi andava di vederla da solo.»

Questa è sicuramente una delle scuse più banali mai usate da Cameron, ma preferisco non dirglielo per non rovinare questo momento.

Mi sistemo accanto a lui con l'intenzione di prepararmi a guardare il sole sorgere, ma la verità è che non posso fare a meno di restare incantata a fissare i lineamenti perfetti del suo viso, l'azzurro del cielo che a mala pena riesce a riflettersi nei suoi occhi profondi e scuri, le dita della sua mano che passano lentamente tra le piccole ciocche di capelli ancora spettinati.

Cameron mi scopre e abbozza un piccolo sorriso.

Cerco di concentrarmi su altro, sul vento, sull'acqua gelida dell'oceano che sfiora delicatamente le dita dei miei piedi facendomi quasi pentire di essere venuta fino a qui e di aver seguito questo ragazzo folle.

«Sta cominciando» sussurro vedendo un piccolo spicchio di sole spuntare all'orizzonte. Il cielo comincia a tingersi di sfumature aranciate e rosee, pronto ad accogliere la luce del mattino.

Lo spettacolo che si presenta davanti a me è quasi indescrivibile e mi lascia decisamente senza parole. In pochi secondi mi ritrovo a ritrattare tutto ciò che ho pensato su Cam e la sua folle voglia di venire in spiaggia così presto. Vale la pena vedere lo spettacolo che la natura ci sta offrendo in questo momento.

Resto incantata a fissare l'orizzonte, fino a quando non mi rendo conto che Cameron, invece di fissare l'alba, guarda me.

«Cosa c'è? Perché non guardi quella meraviglia?» domando.

«A che mi serve guardare una meraviglia come quella, quando davanti a me ho la ragazza con il sorriso più bello della terra?» sussurra sorridendo e io non posso fare a meno di seguirlo. Sono le stesse identiche cose che ci siamo detti quella notte a Londra, durante la gita scolastica.

«Te lo ricordi?» chiede.

«Impossibile dimenticarlo.»

Non posso fare a meno di ricordare quella notte a Londra. Cameron aveva organizzato tutto alla perfezione e al solo ricordo sento il cuore battere forte, come se mi trovassi ancora in cima a quell'albergo con la vista su Londra e Cameron mi stringesse forte a sé. Il tempo passa in fretta... E il valore di certi momenti si comprende solo quando diventano ricordi e non possono più essere rivissuti.

«Avevi preparato tutto alla perfezione. Vista su Londra, paroline dolci...»

«...la stanza dell'albergo.»

«Sì, anche la stanza.» Non posso fare a meno di sorridere mentre ci ripenso.

«Mi sei davvero mancata in questi mesi... Mi è mancato vederti sorridere come stai facendo adesso» confessa mantenendo il contatto con i miei occhi. «Non ti ho svegliata veramente per vedere l'alba insieme, lo sai... Non sono mai stato uno molto romantico e sdolcinato... Volevo solo passare un po' di tempo da solo con te. Da quando siamo arrivati ci siamo solo subiti l'ira di Susan.»

Potrà dirmi anche mille volte che non sa essere sdolcinato, ma io continuo a pensare che, quando vuole e ci tiene, sa davvero stupire. Sa essere dolce nei momenti giusti.

«E volevo anche parlarti di quello che è successo la scorsa sera, quando eravamo fuori dal locale» spiega passandosi la mano tra i capelli.

Sapevo che prima o poi il discorso sarebbe venuto di nuovo fuori, eppure una parte di me sperava davvero che non fosse tanto cosciente quando abbiamo parlato. Ho un po' di paura di scoprire se pensava veramente ciò che mi ha detto o se è stato solo frutto dell'alcol.

La paura di essere ferita di nuovo è più grande della mia curiosità, perciò lo anticipo: «Cam, so bene che non pensavi veramente quelle cose e che le hai dette solo perché ti sei lasciato andare. Va bene, dico sul serio. Non ho bisogno di spiegazioni...»

Allunga la mano per afferrare la mia: «E invece è proprio il contrario. Io ho bisogno di te. Non stavo scherzando quando dicevo che voglio riconsiderare l'idea della relazione a distanza, di nuovo. Questa volta non ho intenzione di lasciarti andare via.»

Non può presentarsi qui e dirmi queste cose dopo che mi sono rifatta una vita a Los Angeles. Non lo sta dicendo davvero. Sveglia Cris, è solo un sogno, mi ripeto in testa, ma questa è la realtà. La realtà in cui Cameron mi sta chiedendo un'altra possibilità, forse l'ultima che sarò in grado di concedergli.

«Cameron, abbiamo fatto una scelta» spiego.

«Una scelta che possiamo anche non rispettare. Cris, guardami negli occhi e dimmi che in questo momento non ti fa alcun effetto stringermi la mano. Che tu non mi ami e che quello che c'è stato in passato per te non conta più nulla perché semplicemente quei sentimenti che ci legavano non esistono più. Che Ben ti fa sentire esattamente come ti facevo sentire io. Se me lo dici, giuro che ti lascio in pace.»

Il mio sguardo non può fare a meno di puntarsi sui suoi occhi scuri, mentre lui cerca di capire quale possa essere la mia risposta. I suoi occhi dolci e profondi mi fanno sentire un vuoto dentro. Un vuoto che solo il suo amore è riuscito a colmare. Potrei mai fare a meno di lui? No. Potrei stare meglio senza di lui? Sì. Ma come fa qualcosa a farti sia male che bene? Questa è la domanda che più mi tormenta. L'amore che provo per Cameron mi fa sentire bene, mi fa sorridere, mi provoca le farfalle nello stomaco e il mio cuore batte a mille anche solo grazie a un suo bacio. Ma quell'amore mi fa anche piangere, mi ferisce, mi distrugge fisicamente e mentalmente.

«Cris?» Cam mi distrae dai miei pensieri.

Una cosa riesco a realizzarla: si torna sempre allo stesso punto. Torno sempre a fare le stesse riflessioni e gli stessi sbagli con Cameron. Continuo a pensare che questa volta andrà diversamente, invece mi sbaglio. Devo prendere quel briciolo di coraggio che ho ancora dentro di me e obbligare me stessa ad andare avanti, per quanto possa risultare impossibile. Perché non fare questo tentativo?

«No, Cam, non credo di poter più andare avanti così» rispondo. «Non proverò gli stessi sentimenti per Ben, ma non posso neanche continuare a sperare che la nostra relazione possa prendere una svolta. Torniamo sempre allo stesso punto. Uno dei due chiede scusa all'altro e ci perdoniamo. Ma non ce la faccio più. Non posso più perdonarti e stare con te, facendo finta di non avere paura di rimanerne fregata un'altra volta. Perché la mia paura è proprio questa: soffrire di nuovo. Forse è vero, siamo fatti per stare insieme. Ma non tutte le persone che dovrebbero stare insieme, lo fanno veramente. Certe volte, dobbiamo imparare a fare le scelte giuste e a seguire la testa, non il cuore.»

Abbassa lo sguardo e sta zitto per qualche minuto, concentrato su qualcosa all'orizzonte. Mentre io non faccio altro che sentire una grandissima tempesta di emozioni dentro di me che cerco di zittire. Alcune dicono 'Ma che diamine hai fatto? Tu lo ami', altre invece 'Hai fatto una scelta giusta e matura'.

«Puoi dirmi se ho qualcosa qua? Mi fa male» chiede Cameron improvvisamente indicandomi qualcosa sul collo.

Appena abbasso lo sguardo e mi avvicino per controllare, le sue mani afferrano il mio volto e le nostre labbra entrano immediatamente in contatto. La cosa più giusta che potesse fare per farmi crollare ai suoi piedi. Cameron sa benissimo che, quando si tratta di lui, basta poco per attirarmi nella sua trappola.

Le nostre labbra si scontrano e io non riesco a fermarmi. Non so che diamine abbia Cameron, ma le sue labbra mi attraggono peggio delle calamite, e più le sento sulle mie, più sento il bisogno di risentirle.

I brividi si fanno spazio sul mio corpo, e questa volta sono più che sicura che la causa non sia il vento. Le farfalle nello stomaco mi fanno stare davvero bene, e il modo affettuoso in cui Cameron gioca con le mie labbra mi fa impazzire.

Ed eccomi di nuovo al solito punto di partenza. Persa tra i baci e follemente innamorata del ragazzo sbagliato.

8

Interrompere il bacio è stata una delle cose più difficili da fare. Nessuno dei due riusciva ad allontanarsi, anzi, più ci provavamo e più ne volevamo ancora. I nostri cuori si sono ritrovati dopo tanto tempo e ora non riescono a fare a meno di starsene vicini.

«Mi sei mancata, non hai idea di quanto...» sussurra con affanno quando riesco a staccarmi dalle sue labbra. Le sue mani accarezzano dolcemente il mio volto, e poi con le dita sfiora il lobo del mio orecchio, quello in cui porto ancora il piccolo orecchino che mi ha regalato il giorno di Natale. *Ah, che ricordi...*

«Anche tu» ricambio mordendomi il labbro e tenendo lo sguardo puntato nei suoi occhi profondi.

Il sole ormai è abbastanza alto da riuscire a illuminare tutta la spiaggia e a fare spazio al giorno, e noi restiamo sulla riva a chiacchierare e raccontarci le cose successe in questi mesi.

«Lo scorso mese ci ho provato, ma ti giuro che sono state solo ragazze da una notte e basta. Ogni volta che se ne andavano, non potevo fare a meno di tirare fuori una delle nostre foto e di pensare ai momenti che abbiamo passato insieme. Sono sicuro che nessuna sarà mai in grado di farmi provare le stesse cose che ho sentito con te. Non so cosa mi hai fatto, ma sappi che mi hai messo nei guai» ridacchia quando arriva verso la fine del discorso.

Il fastidio che sento dentro di me è immenso. Allora Susan non stava scherzando quando diceva che in questi mesi lui è andato a letto con tante ragazze. Una piccola parte di me sperava che stesse scherzando e che mi avesse detto delle ragazze solo per farmi arrabbiare, o qualcosa del genere. Ma a quanto pare mi sbagliavo.

«E perché non cercare una ragazza che potesse farti perdere la testa? Perché averne tante e ferirle, non dimostrando alcun interesse nei loro confronti?» domando.

«Uno, perché le ragazze non mi mancano e avevo solo voglia di divertirmi. Due, c'è già una ragazza che mi ha fatto perdere la testa e non solo, si è anche presa il mio cuore. Non ho alcuna intenzione di riprendermelo e di darlo a un'altra. Voglio che sia tu a conservarlo» sorride guardandomi.

Ricambio e arrossisco. Mi fa stare bene l'idea che lui abbia continuato a pensare a me, esattamente come ho fatto io.

«Da quando Cameron Dallas è diventato così romantico e palloso? Oh vi prego, fate tornare indietro quello antipatico che non sopportavo!» ironizzo facendolo ridere.

«Guarda che è solo colpa tua se sono diventato così 'palloso'» dice mimando le virgolette.

Poi si alza in piedi e si avvicina all'acqua per bagnarsi i piedi.

«Oh, guarda» esclama sorpreso. Non posso fare a meno di raggiungerlo per cercare di capire cosa sta succedendo.

Guardo in acqua ma non vedo nulla.

«Cos'hai trovato?» chiedo.

«Guarda. Wow» continua chinandosi per vedere meglio sott'acqua, e io lo seguo per capire di che si tratta.

Ma quando sento gli schizzi d'acqua sul volto comprendo che mi stava solo prendendo in giro e che in realtà non c'era proprio nulla in acqua.

«Ops» ride indietreggiando di poco per paura della mia reazione.

Quando riapro gli occhi lo vedo continuare a ridere di gusto, come se avesse appena raggiunto uno degli obiettivi più importanti della sua vita.

«La sai una cosa? Ritiro quello che ho detto prima» annuncio cominciando a ridere e avvicinandomi in cerca di vendetta.

«Era proprio quello che volevo sentirti dire» ride voltandosi per correre via.

Ci divertiamo schizzandoci addosso l'acqua e facendoci scherzi stupidi, come se fossimo bambini che per la prima volta vedono l'acqua dell'oceano. E come due bambini sorridiamo, fingendo di essere intrappolati in questo momento per il resto della nostra vita. Non esiste la mia vita di Los Angeles, non esiste la sua a Miami, non esistono le persone che camminano per la spiaggia e ci guardano stupite, non esiste quest'acqua gelida, non esiste più nulla. Ci siamo solo noi due.

All'improvviso mi afferra per la vita e mi fissa intensamente le labbra: «Credo sia ora di rientrare.»

Annuisco con il fiatone che non riesco a controllare. Mi stringe per la mano e mi fa fare il giro attorno a lui, poi mi indica di salire a cavalcioni sulle sue spalle.

«Adesso ti faccio vedere quanto lavoro ho fatto in palestra questa estate» ridacchia afferrandomi le gambe, per tenermi stretta a lui. Il mio petto aderisce perfettamente alla sua schiena, e mi stringo con le braccia attorno al suo collo per non cadere.

Cammina rapidamente dentro all'hotel e io non posso fare a meno di sorridere. Non posso ancora crederci di essere qui con lui, a fare queste cose stupide e memorabili allo stesso tempo.

Riesce a fare le scale fino al nostro piano senza troppi problemi, non ha nemmeno il fiatone e sorride soddisfatto quando scendo dalla sua schiena e lo guardo sorpresa.

Appena varchiamo la soglia dell'ingresso, gli occhi dei nostri amici sono puntati su di noi. Sorridono e si scambiano occhiate, come se l'obiettivo della vacanza fosse stato raggiunto. Sam sembra non riuscire quasi più a contenere la gioia, stritola la mano di Cloe che, al contrario, cerca di non mostrare dolore.

«Allora, vi siete divertiti là fuori?» domanda Taylor con un sorriso malizioso.

«Là fuori?» domando confusa. *Ci hanno visti?*

«Che ne dite se facciamo colazione? Sto morendo di fame» commenta Susan infastidita mentre si avvicina al frigo per controllare cosa c'è all'interno.

I ragazzi non me la stanno raccontando giusta, ma ignoro e vado ad accomodarmi accanto a Sam, mentre Cam usa la scusa della doccia per allontanarsi.

«Allora? Quanto siete stati dolci?» chiede emozionata Sam.

«Ci avete visti?!»

«Certo che vi abbiamo visti. Quando Sam ha scoperto che stavate facendo i piccioncini in spiaggia, ha gridato talmente forte da svegliare tutti. Ci ha obbligati a guardarvi» spiega Susan con tono acido.

«Sam!» la rimprovero lanciandole un'occhiataccia.

«E quindi? Adesso state insieme?» domanda Cloe con gli occhi che luccicano per la felicità.

Stiamo insieme? In questo momento non sono in grado di rispondere. Basta un solo bacio per riportare una situazione allo stato precedente? Basta un solo bacio per riappacificarci? Certamente no.

«Non stiamo insieme. E voi due, anzi, tutti dovreste farvi i cavoli vostri. Dico sul serio ragazzi, è una questione un po' delicata...» spiego.

«Delicata? Non c'è niente di delicato qua. Quale altra conferma vi serve per farvi capire che siete fatti per stare insieme? Che tu sei fatta per lui, e che lui è fatto per te?» domanda Nash.

Sembra una questione così semplice dal punto di vista di Nash. Ma non è così. È possibile amare una persona che si ama alla follia ma che allo stesso tempo non fa altro che portare dolore e sofferenza. Ma qual è la scelta giusta da fare in questo caso? Passare la vita accanto a quella persona sapendo di soffrire perché la relazione è dannosa per entrambi? O soffrire inizialmente per la decisione di allontanarsi, e poi andare avanti con la propria vita, accanto a una persona che non si ama alla follia, ma che è comunque in grado di farci stare bene?

«Cris, ti faccio un esempio molto semplice e chiaro» inizia Taylor. «Fammi questa domanda: Taylor, riusciresti a sopravvivere per il resto della tua vita senza i tuoi pop-corn?»

E io che pensavo che per una volta Taylor avesse intenzione di fare un discorso serio. Credo di aver perso tutte le speranze...

Ripeto la sua domanda e lui risponde soddisfatto: «Certo che no, non ce la farei. I pop-corn per me sono linfa vitale. Senza, per me non è vita. Allo stesso modo, tu e Cameron vi completate a vicenda.»

Apprezzo lo sforzo che ha fatto per spiegare la sua visione dell'amore, ma non riesco ancora a prenderlo sul serio.

«Possiamo parlare d'altro? Che ne dite? Credo che Cris ne abbia abbastanza delle persone che continuano a dirle cosa deve fare» mi salva Trevor, sedendosi accanto a me e avvolgendomi le spalle con il suo braccio. Il mio migliore amico è sempre stato in grado di capire i miei problemi e quando una cosa mi pesa davvero, e ringrazio il cielo di averlo accanto a me. Dopo avermi rivolto un piccolo sorriso e un occhiolino aggiunge: «Piuttosto, che ne dite di affittare uno yacht per farci un bel giro tutti insieme?»

«Mi sembra una splendida idea, amore» si intromette Susan sedendosi accanto a lui e afferrandogli la mano.

«Certo, mi sembra una buona idea. Almeno non ce ne stiamo rinchiusi qui dentro per il resto della giornata» dice Cloe alzandosi per allontanarsi da noi.

Facciamo colazione in camera e poi cominciamo a prepararci, portandoci dietro le creme solari e le altre cose necessarie. Intanto Nash si occupa di prenotare lo yacht.

«Mi dispiace per stamattina, è solo che pensavo che le cose tra voi due fossero finalmente tornate alla normalità» commenta Sam mentre siamo nella nostra stanza a sistemare le borse.

«Non ti preoccupare, va tutto bene. Solo... Non voglio che tu ti faccia idee sbagliate. Stamattina è andata così, ma io sono fidanzata... E quello che ho fatto è completamente sbagliato. Non so nemmeno come la prenderà Ben.» La reazione di Ben mi preoccupa davvero. È un ragazzo dolcissimo con me e per adesso non abbiamo litigato. Appunto, per adesso, mi ricorda il mio subconscio.

«Non capisco ancora come fai a stare con quello se ami così tanto Cameron. Non... non capisco la tua logica, anzi, la vostra logica, tua e di Cam, perché avete deciso di stare lontani» osserva.

«Se Nash fosse come Cameron, capiresti.»

«Grazie al cielo non è come Cameron. Sarei già andata fuori di testa con uno come mio fratello!» ridacchia lei chiudendo la borsa.

9

«Tuffo a bomba!» grida Taylor tuffandosi dal bordo dello yacht.

La giornata sta passando in fretta. Siamo fermi in mezzo all'oceano da tantissimo tempo ormai, abbiamo anche pranzato con i panini fatti da Nash. Credo che sia destinato a fare il cuoco o qualcosa del genere. Perché è riuscito a fare dei panini e delle insalatine che al solo pensiero mi fanno venire di nuovo l'acquolina in bocca.

Adesso sto guardando i miei amici sguazzare tranquillamente in acqua, mentre io sono in piedi a bordo dello yacht: i sensi di colpa nei confronti di Ben mi impediscono di rilassarmi. Mi ero ripromessa di pensare a divertirmi e a rendere questa vacanza il più indimenticabile possibile, ma non ci sto riuscendo. E questo solo perché c'è anche Cameron e soprattutto perché mi sono lasciata andare con lui per l'ennesima volta, quando non avrei dovuto assolutamente farlo.

«Ma guarda un po' chi c'è qua» sussurra qualcuno dietro di me e le sue braccia mi avvolgono. Il contatto freddo con le goccioline d'acqua ancora attaccate al suo corpo mi fa rabbrividire.

«Cameron» dico con voce stridula e allontanandomi da lui infastidita.

Comincia a ridere e con un movimento rapido mi abbraccia di nuovo, stringendomi forte a lui.

Resterei incastrata tra queste braccia per il resto della vacanza. In questo momento sembrano come uno scudo in grado di tenere lontani tutti i problemi da affrontare.

«C'è qualcosa che non va?» chiede preoccupato.

Non voglio rovinare la vacanza a nessuno, soprattutto a lui.

«No, va tutto bene.» Forzo un sorriso.

Ricambia e si allontana da me, facendomi sentire il solito vuoto dentro la pancia che nessun altro è mai stato in grado di farmi sentire.

«So che non è così, ma faccio finta di crederti fino a questa sera.» Fa l'occhiolino.

L'unico. È proprio l'unico in grado di capire quando il mio 'Va tutto bene' è sincero oppure no.

«Che ne dici di farci un tuffo per allontanare un po' i pensieri che tanto ti tormentano?» chiede porgendomi la mano.

L'afferro senza pensarci troppo, ma la sua intenzione è tutt'altra. Mi spinge con forza verso di lui e solleva le gambe, esattamente come fanno i mariti ai matrimoni con la loro sposa. Mi stringo forte a lui prima di finire completamente in acqua.

«Sei pazzo!» grido quando finalmente riemergo.

Lui nuota nella mia direzione e avvicina le labbra accanto al mio orecchio: «Pazzo di te.»

Questa frase l'aveva già detta tempo fa, e io non posso fare a meno di sorridere al ricordo. Lo spingo via da me e lo prendo in giro dicendo: «Dovresti rinnovare le battute, caro Dallas.»

Il resto del pomeriggio passa tranquillamente, e quando il sole comincia a tramontare, decidiamo di tornare verso l'hotel.

La stanchezza si fa sentire parecchio e nel viaggio di ritorno Susan, Taylor, Sam e Nash si addormentano. Io resto seduta a godermi il vento che mi scompiglia i capelli e l'orizzonte davanti a me, incantata dai meravigliosi colori che mi circondano.

«Adesso ti va di dirmi che cosa avevi prima?» domanda

Cameron avvicinandosi nella mia direzione e sedendosi accanto a me.

«Stavo solo pensando a quello che è successo stamattina. Non so quanto possa essere giusto ciò che abbiamo fatto...» spiego.

«Intendi per Ben?»

«Sì. Non so esattamente come la prenderà quando lo scoprirà.»

«Lo deve sapere per forza? Voglio dire, chi se ne frega. Lui è a Los Angeles adesso, penserai a queste cose quando tornerai a casa. È inutile che ti tormenti con dubbi che non sono ancora diventati delle certezze» mi incoraggia avvolgendomi il braccio attorno alle spalle. Istintivamente appoggio la testa sulla sua spalla e mi godo il momento. Unico momento in cui tutto sembra finalmente andare per il verso giusto.

Cameron accarezza dolcemente la mia pelle e mi dà un bacio tra i capelli. Chiudo gli occhi e mi lascio trasportare da questo momento, in cui ci siamo solo io e lui.

Camminiamo un po' per la città e ci fermiamo davanti a qualsiasi vetrina per accontentare Susan, che è terribilmente fissata con lo shopping. Continuo ancora a chiedermi come faccia Trevor a sopportarla a volte.

Andiamo al supermercato in cerca di qualcosa da mangiare a cena.

Ci siamo divisi in coppie, e io e Cameron decidiamo di prendere un po' di frutta. Quando mi volto però, il carrello è scomparso.

«Ma che diamine stanno facendo?» chiede Cameron ridendo, e quando guardo nella sua stessa direzione, capisco.

Trevor spinge il carrello, mentre Taylor è seduto all'interno. I due corrono per tutto il supermercato e a un certo punto scompaiono dietro a uno scaffale; subito dopo si sente rumore di scatolette che cadono a terra. Facciamo la spesa in meno di cinque minuti solo per poter uscire in fretta da quel posto e non farci beccare.

«Mai più con voi. Piuttosto vado a fare la spesa da sola la prossima volta» dico tenendo in mano una delle buste e camminando velocemente per mettere più distanza possibile tra me e il supermercato.

«Io te l'avevo detto che erano pericolosi con un carrello a portata di mano» ridacchia Nash.

Davanti al nostro hotel, Cameron mi strappa la busta della spesa dalle mani e sale le scale. Apprezzo il gesto, ma ce l'avrei fatta benissimo anche da sola.

Finalmente in appartamento, Nash comincia a cucinare, mentre noi sistemiamo la cucina.

«Non è meglio mangiare fuori, sotto le stelle?» chiede a un certo punto Cloe.

«Oh sì, vi prego, vi prego.» Sam saltella emozionata.

«Siete ridicole. Avete idee di quanti insetti schifosi e animaletti ci siano là fuori? No, scordatevelo» risponde Susan.

«Votiamo! La proposta con più voti, vince» suggerisco.

Ovviamente la maggior parte di noi preferisce rendere la serata interessante e perciò prendiamo tutto il necessario per sistemarci in spiaggia, mentre Nash resta nell'appartamento a cucinare. Sarà davvero piacevole mangiare in riva al mare con la brezza leggera che sfiora la pelle.

Quando finalmente arriva Nash, accompagnato dai ragazzi che gli danno una mano a portare il cibo, parte un applauso per lui.

Mangiamo quasi fino a esplodere. La giornata di oggi è stata stancante e rilassante allo stesso tempo. Rilassante per il divertimento e per i bei momenti, stancante perché non siamo stati fermi un attimo in acqua.

Non appena finiamo, ci stendiamo tutti sulla sabbia fresca e guardiamo le stelle, ben evidenti qui.

«...Dopo il matrimonio, Perseo portò Andromeda in Grecia, e qui vissero per sempre felici e contenti» conclude Trevor con il mito di Andromeda, che collega diverse costellazioni. Trevor ha sempre avuto la passione per l'astronomia e i miti, io, al contrario, non ho mai capito nulla. Come la matematica, è una materia che non sarò mai in grado di comprendere.

«Belle le storie a lieto fine» sussurra Cameron continuando a guardare il cielo stellato. «Peccato che non tutte siano destinate a finire in modo positivo come questa.»

Capisco subito che ha fatto riferimento alla nostra storia, perciò allungo coraggiosamente la mano e afferro la sua, stringendola dolcemente. Lui fa la stessa cosa, e la solleva per lasciarci sopra un bacio.

Gli occhi di tutti sono puntati su di noi, ma a me non importa. Questa volta voglio solo stringere la mano di Cameron e passare il resto della serata in questo modo.

All'improvviso si sentono dei passi e la luce di una torcia illumina i nostri volti. Rimango quasi accecata quando sollevo lo sguardo per cercare di capire chi diamine sia a rompere le scatole proprio adesso che stavamo tutti così bene.

«Cris? Sei tu?» domanda una voce familiare, e sento subito la rabbia, la tristezza e anche un pizzico di felicità mischiarsi dentro di me. Provo una sensazione strana, inspiegabile, ma in negativo.

Spero di sbagliarmi, ma mi rendo conto di avere ragione quando sposta la torcia e riesco a vedere i lineamenti del suo viso illuminato dalla luna.

Che diamine ci fa qui Ben?

«Ben.» Sembra più una domanda, ma a me non importa. Non riesco a credere che sia venuto qui alle Hawaii. *Perché l'ha fatto?*

«Sorpresa!» esclama con un gigantesco sorriso stampato in volto.

Mi alzo da terra e mi avvicino per abbracciarlo, giusto per mascherare il fatto che in realtà non è per niente il benvenuto qui. I ragazzi si guardano e gli rivolgono strane occhiatacce, mentre Cameron se ne torna in hotel chiaramente di cattivo umore.

«Come mai questa sorpresa?» chiedo.

«Volevo che questa vacanza fosse indimenticabile per entrambi. Mi piaceva l'idea di passare gli ultimi giorni qui a Honolulu con te.» Mi bacia sulla fronte. «Sono riuscito anche a prendere la stanza accanto alla vostra! Così sarà più facile andare insieme in giro. E anzi, se ti va puoi direttamente venire in appartamento con me! Immagino che sia scomodo stare in tante in una sola stanza.»

Parla talmente velocemente e propone così tante cose che comincia a girarmi la testa. Ben non doveva assolutamente presentarsi qui, non doveva rovinare tutto in questo modo. O forse sì? Forse è un segno che quello che stavo facendo con Cameron non era giusto e che dovevamo smetterla.

«No, non ti permetto di portarcela via.» Sam si alza da terra fingendo una risata. O almeno, io che la conosco capisco benissimo che è finta, a Ben invece sembra far piacere e non gli crea alcun fastidio.

«E va bene» ridacchia anche lui.

«Non stiamo scomode. Anzi, stiamo comodissime» lo rassicuro e lui abbozza un piccolo sorriso.

Decidiamo di rientrare, visto che la serata ormai è già stata parecchio piena di sorprese. Ben mi accompagna fino all'ingresso del nostro piccolo abitacolo, e mi afferra la mano per portarsela sulle labbra.

«Sicura di non voler dormire con me? Ho un bellissimo letto matrimoniale» suggerisce afferrandomi la vita per avvicinarmi a lui.

«Sicura» sussurro lasciandogli un bacio sulle labbra. «Buonanotte.»

Rientro nell'appartamento con il cuore che va a mille. Sam mi viene subito incontro: «Che cosa ci fa lui qui? Non doveva essere una vacanza tra amici o qualcosa del genere?»

«Non ne ho idea. Sono sorpresa quanto te. Non me l'aspettavo» confesso. «Cameron dov'è?»

«Nella stanza dei ragazzi. È da solo. Ti conviene raggiungerlo e spiegargli che diamine sta succedendo» consiglia Sam. Glielo spiegherei volentieri, se solo lo sapessi anch'io.

Busso prima di mettere piede nella sua stanza, ma non ricevo alcuna risposta. Decido di entrare lo stesso. Non mi interessa se adesso è arrabbiato, ma ho bisogno di dirgli che nulla di tutto ciò era previsto.

«Cam?» domando entrando nella stanza buia.

«Che diamine ci fa Ben qui?» chiede restando steso sul suo letto.

La sua voce è calma e rilassata, e questo non fa altro che tranquillizzarmi.

«Non ne ho idea» dico chiudendo la porta alle mie spalle e andando a sedermi sul bordo del suo letto. «Ti giuro che non me l'aspettavo. Non l'ho invitato e anzi, lui mi aveva detto che questa settimana sarebbe stata impegnativa e che sarebbe stato via con la sua famiglia.»

«Avrà un allarme in testa che lo avverte quando qualcuno sta per portati via da lui» ridacchia Cameron appoggiando la mano sulla mia coscia. «Tu... tu cosa ne pensi di lui che passerà i prossimi giorni con tutti noi?»

«Sinceramente? So che dovrei essere felice, ma non lo sono. Non ci riesco. Avevo programmato questa vacanza per passarla con i miei amici, non con lui...» Che c'è di sbagliato in me?, domando a me stessa.

«Non c'è nulla di sbagliato in te. Semplicemente stai con la persona sbagliata» suggerisce, e io ovviamente non posso che essere d'accordo con lui. Ma Ben non ha mai fatto nulla di male e la nostra relazione stava andando così bene prima di partire per questa vacanza.

«Cam... Lo sai, vero, che non possiamo più andare avanti in questo modo? Dobbiamo lasciarci andare via. Tu devi lasciarmi andare, e io devo lasciar andare te» sussurro con la voce che si spezza ogni tanto per via delle lacrime che cominciano a farsi spazio. La sua mano si sposta dalla mia coscia e le dita passano delicatamente tra i miei capelli, accarezzandoli.

«Questo discorso mi sembra di averlo già sentito...» dice.

«Ma questa volta deve essere sul serio. Io... io non posso andare avanti in questo modo. Non posso lasciare che la nostra storia continui a impossessarsi della mia vita e a farmi commettere continui sbagli» spiego afferrando la sua mano.

«Lo so, piccola. Lo so...» Mi fa segno di stendermi accanto a lui e obbedisco. Appoggia il suo braccio sotto la mia testa, mentre mi accoccolo tra le sue braccia. «...ma devi anche tenere in considerazione che lui non è fatto per te. Questo è chiaro. Non provi per lui ciò che senti per me, e quei sentimenti che provi ogni volta che siamo insieme riaffioreranno sempre quando ci rivedremo e finiremo a fare gli stessi sbagli. Perciò, mi spieghi che senso avrebbe allontanarci se siamo consapevoli che alla fine ricadremmo sempre nella stessa trappola?»

«Forse il tempo sarà dalla nostra parte... forse riusciremo a dimenticarci e a innamorarci di nuovo di qualcuno che sappia trattarci come meritiamo» ipotizzo. «Non sono pronta a ricominciare da capo. Non sono pronta ad aspettare settimane per vederti solo per qualche ora, non voglio stare in ansia ogni volta che ti cerco e tu non mi rispondi, non voglio più soffrire quando di notte sento il bisogno di averti al mio fianco e quando allungo il braccio per controllare che tu ci sia, restare delusa dal fatto che accanto a me c'è solo uno spazio vuoto. Non voglio, Cam.»

«Lo so, piccola. Ti capisco...» Accarezza il mio braccio. «Quindi questa è la fine, no?»

«È la fine» riesco a pronunciare nonostante le lacrime che cominciano a rigare la mia guancia.

«È stata una bella avventura la nostra, no?» Riesco a vedere un piccolo sorriso amaro sul suo volto. «Piena di alti e bassi, di litigi e di amore, e sono contento di aver vissuto tutto questo con te. Ti amo Cris, e ti amerò per sempre.»

«Anche io, Cam» sussurro stringendomi ancora di più a lui.

10

Le braccia forti di Cam sono strette attorno alla mia vita quando sono costretta ad aprire gli occhi a causa della luce esterna. Non mi ricordo nemmeno di essermi addormentata sul suo letto. Ieri notte le lacrime hanno avuto la meglio su di me e mi sono lasciata andare, trasportata nel sonno dal suo profumo.

Decido di stare immobile per qualche minuto per godermi al meglio questo risveglio, che potrebbe essere l'ultimo in assoluto con lui. Anzi, che deve essere l'ultimo. Perché la promessa stavolta deve essere mantenuta senza eccezioni.

Faccio scorrere la mano sul suo braccio, fino ad arrivare alla sua. Il suo petto si muove lentamente dietro la mia schiena mentre respira profondamente. Le nostre gambe sono intrecciate. Se potessi, fermerei il tempo in questo preciso istante solo per godermelo, ma sarebbe un grandissimo sbaglio. Decido di alzarmi in silenzio dal letto e di uscire dalla stanza in modo da non svegliare nessuno dei ragazzi. Chissà cos'avranno pensato quando hanno visto me e Cameron abbracciati nello stesso letto...

Esco dalla stanza e mi dirigo in cucina per andare a mangiare qualcosa, e quando arrivo mi accorgo di non essere l'unica sveglia a quest'ora.

«Trevor» lo saluto sorridendo.

«Oh, Cris. Ti ho svegliata io?» chiede appoggiando la tazza di caffè fumante.

«No, mi sono svegliata da sola» rispondo sedendomi sulla sedia davanti alla sua.

«Capisco... dormito bene con Cameron?» domanda per provocarmi. Conosco bene Trevor e so dove vuole andare a parare, perciò lo anticipo.

«Non è successo nulla, se è questo che vuoi sapere.»

«No, voglio solo sapere perché continui a torturarti in questo modo? So che ti dà fastidio quando gli altri ti dicono cosa fare, il mio è più un consiglio, okay? Prendi una decisione. Dài ascolto a cuore e testa e valuta bene la situazione. Perché andando avanti in questo modo con Cameron non farai altro che rovinare te stessa.»

«La decisione è già stata presa, Trevor.»

«Davvero?» chiede stupito.

«Sì... Ieri sera, dopo che Ben si è presentato a sorpresa qui in hotel, io e Cameron abbiamo parlato. Abbiamo deciso di lasciarci tutto alle spalle e di andare avanti con le nostre vite. Proveremo a essere amici, o qualcosa del genere. In ogni caso non abbiamo più alcuna intenzione di provarci, ed è meglio così. Ben non merita di essere ferito» spiego.

«Non conosco bene questo Ben. Ma spero che ci tenga a te quanto Cameron. Non vorrei vedere la mia migliore amica finire nelle mani sbagliate» mi mette in guardia. Trevor è sempre stato protettivo nei miei confronti, come se fosse un fratello maggiore e credo che questo sia uno degli aspetti più importanti della nostra amicizia. La sua protezione è sempre stata indispensabile per me.

«Non ti preoccupare, ho buoni gusti in fatto di ragazzi» scherzo alzandomi per andare a prepararmi qualcosa per la colazione.

«Certo» ribatte ironico. «Set era proprio splendido, con quella faccia da duro e il cervello piccolo quanto questa briciola di biscotto. Per non parlare di Cameron, che è meglio lasciar perdere... Lui ne ha fatte di tutti i colori. Cioè ne ha combinate così tante che potrei scriverci un libro. L'unico che secondo me sarebbe stato in grado di renderti felice era Matthew. È uno con la testa a posto. Avresti avuto una storia serena con lui, ma si sa che a te piacciono le cose complicate.» Mi prende in giro e io non posso fare a meno di lanciargli un'occhiataccia. Il mio migliore amico certe volte non sa proprio trattenersi dal ricordarmi storie vecchie che ormai non contano più nulla per me.

«Trevor, a te conviene stare zitto. Tu potresti scrivere un libro sulle cose che ha fatto Cameron, ma io potrei scrivere volumi interi solo con i nomi delle ragazze che hai frequentato» scherzo, facendolo scoppiare a ridere.

«Non sono così tante...»

«'Non sono così tante' cosa?» domanda qualcuno dalla voce fastidiosa entrando in cucina, ed ecco arrivare Susan già vestita e perfettamente truccata, come se si fosse addormentata così. È una delle poche cose che le invidio: l'abilità nell'essere sempre esteticamente perfetta.

«Oh, nulla tesoro» mente lui alzandosi in piedi per andare a darle un bacio. Inizialmente pensavo che la relazione tra loro fosse destinata a durare poco, neanche due settimane. Susan è la tipica ragazza snob che Trevor, in teoria, non riusciva a sopportare. Ma a quanto pare le sue idee sono cambiate e anzi, nei suoi occhi scuri riesco a intravedere delle piccole scintille, come se fosse quasi innamorato della biondina che fin dal mio primo giorno del liceo a Miami non ha fatto altro che cercare di rendermi la vita impossibile.

«Allora, che ne dite di farci un giro oggi?» chiedo interrompendo la coppietta di piccioncini che continua a scambiarsi baci e abbracci.

«Sì, ieri sera non ce l'ho fatta a prendere i vestiti da tutti i negozi che ho visto. Mi avete trascinata qua dentro prima del previsto e devo recuperare» lamenta Susan lasciandosi andare tra le braccia del mio migliore amico.

Qualche minuto dopo, la cucina si riempie e siamo tutti seduti a tavola a mangiare dolci e tante altre cose buonissime. A un certo punto qualcuno bussa alla porta e Sam si alza per andare a controllare.

Ben entra con un grandissimo sorriso stampato in volto e una coroncina di fiori tipica hawaiana in testa.

A Cameron va di traverso il caffè vedendo com'è conciato. Capisco che Ben abbia un po' esagerato, ma è altrettanto esagerata la reazione di Cam.

«Che ci fate ancora tutti qui? Là fuori le persone sono in giro dall'alba, mentre voi state ancora facendo colazione?» domanda Ben stupito, avvicinandosi a me.

Si china e mi lascia un leggero bacio sulle labbra prima di sussurrarmi: «Buongiorno, piccola Cris.»

Istintivamente il mio sguardo va a incontrare quello di Cameron, che sembra essersi irrigidito improvvisamente. Sono sicura che se lo sguardo fosse in grado di polverizzare le persone, Ben non sarebbe qui in questo momento.

«Perché dovremmo essere fuori?» domanda Nash.

«Perché oggi c'è l'Hawaiian Slack Key Guitar Festival, il festival della musica hawaiana» spiega Ben passandomi una coroncina uguale alla sua. Decido di imitarlo e di mettermela in testa. In fondo è davvero carina e molto vivace con tutti i fiori colorati.

«Figo! Allora dobbiamo assolutamente andarci. Ho bisogno di aggiornare il mio Snapchat per fare invidia a tutti» ridacchia Taylor. È la prima volta che lo sento parlare in questo modo, e quando lo guardo negli occhi capisco che stava solo scherzando. Tay, più di tutti noi, odia i social e cose del genere. Non è nel suo stile partire per una vacanza solo per postare video e foto da mostrare a tutto il mondo.

In meno di cinque minuti tutti finiscono di fare colazione, tranne Cameron, parecchio infastidito dalla presenza di Ben, che continua a starmi appiccicato come se non mi avesse visto per mesi. Mi dispiace sapere che sto facendo del male al ragazzo che amo, ma cosa posso farci? Abbiamo preso la nostra decisione e si va avanti in questa direzione.

Quando rientro in camera con le ragazze, noto il grandissimo disordine che in meno di cinque minuti si è creato. Vestiti, t-shirt, shorts buttati sui letti e per terra.

«Dite che questo possa andare bene?» chiede Cloe indicando un vestitino color panna con una fantasia in rosso acceso.

«No, secondo me quello azzurro ti starebbe meglio» consiglia Sam.

Eh sì, basta davvero poco per seminare il panico tra noi ragazze. Il piccolo avviso di un festival ha ridotto questa stanza in uno stato orribile. Lascio che continuino a pensare alle cose giuste da abbinare, mentre io opto per un paio di shorts e una maglietta che arriva sopra l'ombelico. Poi sistemo la coroncina tra i capelli e sono pronta. Diventa quasi mezzogiorno quando finalmente usciamo dall'hotel per seguire la folla e aggiungerci al festival. Le persone per strada sono tutte vestite con costumi tipici hawaiani, i fiori colorati sono ovunque, sulle stampe delle magliette, sulle coroncine.

La musica comincia a farsi sempre più chiara, e il numero delle persone aumenta tanto che è parecchio difficile proseguire. Il suono di un dolcissimo ukulele ci guida fino a una spiaggia enorme affollatissima. Sono tutti concentrati sul gruppo che sta suonando sul palco.

Improvvisamente Sam e Nash si afferrano per mano e cominciano a saltellare e a ballare a ritmo della canzone, e tutti gli altri li seguono. Le persone ci guardano, ma a noi non importa. È la nostra estate, sono i nostri ricordi.

O almeno, i ricordi della maggior parte di noi. Qualcuno non sembra voler partecipare e preferisce starsene seduto sulla spiaggia. Cameron fissa l'orizzonte, sicuramente pensando a quanto Ben sia stato bravo a rovinare tutto.

Faccio un passo per andare a parlare con lui, ma qualcuno mi precede, Cloe, che arrabbiata si siede accanto a lui e gli fa una delle sue solite prediche.

«Avviciniamoci al palco. Voglio vedere da vicino» sussurra Ben accanto al mio orecchio e mi afferra la mano per trascinarmi via.

Riusciamo a farci spazio tra la gente e ci fermiamo sotto al palco. Il ragazzo che suona l'ukulele è davvero bravo! Riesce a rilassarmi e a farmi gustare la vera atmosfera hawaiana.

Ben mi avvolge le braccia attorno alla vita da dietro, e fa scorrere le sue lunghe dita sulla pelle della pancia, rimasta scoperta. Il tocco di Ben non riesce in alcun modo a farmi provare ciò che riusciva a regalarmi Cam, anzi è quasi fastidioso.

Voglio solo godermi il festival, non stare con lui. Afferro le sue braccia e cerco di spostarle, ma lui insiste. Mi arrendo e cerco di concentrarmi su altro, ma è difficile perché lui continua a sfiorarmi e a mordicchiarmi dolcemente il lobo.

La sua presenza continua a infastidirmi e l'unica cosa di cui ho bisogno in questo momento è trovare una scusa, anche banale, per allontanarlo da me.

«Comincio ad avere fame. Che ne dici se torniamo dai ragazzi e proponiamo qualcosa?» domando, riuscendo finalmente a liberarmi dalla presa.

«Ma se stiamo così bene qui, da soli» sussurra accarezzandomi dolcemente il volto.

«Ho proprio bisogno di rifornimento.» Cerco di sembrare più disinvolta possibile per cercare di mascherare quello che sento.

Alla fine si arrende e raggiungiamo i ragazzi, che accolgono con entusiasmo la mia idea.

«Ma l'ho proposto io esattamente cinque minuti fa e mi avete detto di no! Cos'è cambiato in pochi minuti?» domanda Taylor sconvolto. Semplicemente i ragazzi si divertono a dargli fastidio, tutto qui.

Il pomeriggio passa in fretta tra chiacchiere, cibo e passeggiate in spiaggia. Da quando Cloe ha parlato con Cameron, lui sembra essere tornato di buonumore, per fortuna. Certe volte mi ritrovo a domandarmi come diamine faccia Cloe a fargli cambiare idea su qualsiasi cosa in pochissimo tempo. Qual è il suo segreto?

Intanto tutti sembrano parecchio infastiditi da Ben, che non smette di parlare neanche per un secondo. A pranzo non ha fatto altro che parlare dei suoi tantissimi viaggi e delle sue mitiche avventure, come se a noi interessasse qualcosa. *Cris, non essere così cattiva con lui. Ricorda che lui ci tiene davvero a te. Ha anche cercato di farti una sorpresa, certo, non è riuscita, ma è il pensiero che conta.*

Almeno una cosa utile l'ha detta! Ci ha raccontato di una splendida festa che i giovani della nostra età fanno tutti gli anni in riva all'oceano. Sono soliti fare un grande falò e ovviamente non mancano musica, bevande e cibo.

Ed è esattamente dove ci troviamo adesso. Il gigantesco falò illumina quasi tutta l'area attorno, mentre studenti da tutte le parti del mondo fanno amicizia, ballano, bevono e si divertono facendo giochi stupidi.

Sorseggio la mia bevanda dalla noce di cocco. Non ho idea di cosa sia, ma è davvero buona. Mi guardo attorno in cerca di qualcuno dei miei amici, ma non vedo nessuno di loro. Eppure mi sono allontanata solo per qualche minuto, giusto il tempo di prendere qualcosa da bere.

Comincio a cercarli. Non è sicuro per me passare la serata da sola, soprattutto con tutti questi ragazzi, per la maggior parte ubriachi. Faccio un giro del posto, fino a quando non riesco a intravedere Cameron, insieme a un gruppo di ragazzi che giocano al 'gioco della bottiglia'. *Non ci credo. Lo sta facendo sul serio?*

Passo dopo passo, mi avvicino sempre più a lui, ma mi blocco non appena vedo la scena che mi si presenta davanti. Cameron si allunga in direzione di una ragazza e le afferra il volto per appoggiare le labbra sulle sue e darle un bacio passionale che lascia tutti senza parole.

A questo punto, decido di andarmene via. Non ho alcuna intenzione di avvicinarmi o di fare altro. In questo momento, l'unica cosa di cui ho davvero bisogno è sparire da questo posto. Voglio solo tornare in hotel, chiudermi nella stanza e dormire per dimenticare ciò che è appena successo.

Quando mi volto, Ben mi compare davanti con un bellissimo sorriso smagliante.

«Ti ho preso da bere. Pensavo ti fossi persa qua intorno e che non ce l'avessi fatta a trovare il ragazzo delle bevande.» Sorride porgendomi un bicchiere con all'interno uno strano liquido viola. «Sono tutte bibite alcoliche. Non hanno neanche un goccio d'acqua» lamenta, ma in questo momento è l'ultimo dei miei pensieri.

Afferro il bicchiere dalla sua mano e bevo tutto in pochi sorsi. La piacevole sensazione iniziale lascia subito il posto a un bruciore fastidioso, ma non mi importa. È riuscito ad alleggerire un po' i miei pensieri, e questo è ciò che conta di più.

«Ti va di ballare?» chiedo a Ben.

11

«Cris, penso che per te sia ora di smettere di bere questa roba.» Mi sorride Ben togliendomi il bicchiere dalle mani. Credo di essermi lasciata andare un po' questa sera, ma va bene così. Per qualche minuto ho smesso di pensare a Cam, ho smesso di vedere il suo sorriso e di sentire la sua voce nella mia testa. Esiste solo Ben adesso e mi guarda con i suoi occhi verdi, che con il riflesso del fuoco sembrano assumere lo stesso colore del tramonto che ho visto qualche giorno fa, qua alle Hawaii.

«Non è così male» dico prendendo l'ultimo goccio dal bicchiere.

«Oh, su questo non ho alcun dubbio» ridacchia e porgendomi la mano chiede: «Andiamo a farci una passeggiata prima di rompere le scatole agli altri per il ritorno in hotel?»

«Certo» rispondo afferrandogli la mano e seguendolo a riva. Passeggiare a quest'ora di notte con la luna alta nel cielo credo sia una delle cose più romantiche. *Certo, non ti dispiacerebbe se quella mano fosse quella di Cameron?*, insiste la mia coscienza e io mi tiro una pacca sulla fronte come per zittirla.

Ben mi guarda preoccupato, come se avessi dei problemi mentali o qualcosa del genere.

«Ben, io ti piaccio?» chiedo improvvisamente. Le parole

sono uscite dalla mia bocca prima ancora di averle elaborate nella testa.

«Certo che mi piaci. E ancora oggi ringrazio Alexa per avermi presentato una ragazza così dolce e speciale.» Accarezza con le dita la mia mano e la stringe forte. «Perché me lo chiedi?»

Perché io non credo di ricambiare al cento percento i tuoi sentimenti, rispondo nella mia mente, ma mi limito a dire: «Pura curiosità.»

La nostra passeggiata prosegue tranquilla fino a quando Ben non propone di sederci un attimo. Mi gira la testa per l'alcol e comincio già a pentirmene. *Come farò ad alzarmi domani mattina col mal di testa che sicuramente avrò?*

«Chi è quel ragazzo con i capelli scuri? Cameron? L'ho già visto da qualche parte» ricorda Ben. Certo che l'ha visto.

«Sì, mi ha raggiunta a Los Angeles l'ultima notte dell'high school» spiego.

«Ah sì, giusto... Quella che avresti dovuto passare con me» osserva. «E c'è stato qualcosa tra di voi o è un amico come Trevor?»

Scoppierei a ridere per la parola 'amico'. Avrei dato qualsiasi cosa per aver avuto Cameron come semplice 'amico'. La situazione attuale non sarebbe così complicata.

«Stavamo insieme» taglio corto. Non ho alcuna intenzione di spiegare tutto nei minimi particolari, soprattutto a Ben.

«Non avevo dubbi. Quel tipo mi fa un po' paura. Voglio dire... sono sicuro che se potesse mi avrebbe già fatto fuori. Esattamente come quella notte a Los Angeles quando mi sono avvicinato a te e lui mi ha fatto il discorsetto da fidanzato geloso.» Sorride mentre lo dice.

Non sapevo che Cameron avesse rivolto la parola a Ben quella notte, e ammetto che la cosa mi dà parecchio fastidio. Non ce n'era bisogno.

«E com'è andata finire? Perché avete deciso di chiudere?»

«Nessuno dei due era in grado di sopportare la distanza. Miami e Los Angeles sono troppo lontane per far funzionare una storia come la nostra, in cui la fiducia è una cosa quasi inesistente» spiego brevemente.

«Capisco... Mi dispiace per quello che è successo in passato, ma sono felice delle conseguenze che ha portato nel presente. Non saresti qui con me.» Sorride facendomi quasi sciogliere il cuore per le parole dolci.

Si allunga verso di me e mi lascia un bacio sulla guancia. Poi si alza in piedi e decidiamo di tornare indietro. Immagino sia davvero troppo tardi e se vogliamo passare una bella giornata anche domani, è meglio rientrare in hotel subito.

Quando torniamo al falò, riusciamo a recuperare tutti, tranne Taylor che, in preda ai fumi dell'alcol, non smette di correre avanti e indietro per la spiaggia, come se fosse tornato bambino.

«*Lights will guide you homeee*» canta mentre camminiamo in cerca del nostro hotel.

«Vi prego fatelo smettere» si lamenta Trevor tappandosi le orecchie.

«Taylor, se non chiudi subito quella boccaccia giuro che me la pagherai» minaccia Cloe.

«*And I will try to fix youuu*» continua con la canzone indicando la sua fidanzata mentre pronuncia 'you'.

«Sbrighiamoci ad arrivare a casa, se no rischiamo di svegliare la gente che a quest'ora di solito dorme» dice Susan aumentando il passo.

Le diamo ascolto, anche perché la canzone alla quale è passato Taylor è davvero terribile.

«Stai zitto! Ci sono persone che stanno cercando di dormire. Se ti sentono, ci cacciano via» spiega Sam a Taylor prima di entrare in hotel.

Taylor annuisce e ci segue. Saliamo le scale in silenzio, nessuno osa fiatare. Si sente solo il rumore delle nostre scarpe che pestano il pavimento.

Arriviamo finalmente davanti alla porta del nostro appartamento, e quando finalmente apriamo la porta, sicuri di non fare rumore, a Taylor salta in mente di gridare per il corridoio: «E che la fortuna vi assista.»

Ci richiudiamo subito nel salotto della stanza per non farci beccare. Si sente qualche porta aprirsi nel corridoio e qualcuno lamentarsi, ma non capiamo di chi si tratti.

«Portatelo a letto. Ora!» sbotta Cameron, che sembra più incavolato del solito.

Ognuno decide di andare a sistemarsi nella propria stanza, e io resto per qualche secondo da sola con Ben.

«Ho passato una bellissima serata con te. Dovremmo farlo più spesso» sussurro afferrandogli la mano e stringendola.

«Anche io, ma non mi va di chiuderla in questo modo. Vorrei parlarti di una cosa che sicuramente ti metterà di buonumore. Vieni.» Mi trascina con sé per uscire dalla cucina e raggiungere il salotto per andare in terrazza.

«Sì, bevo un goccio d'acqua e ti raggiungo.» Così se ne va, lasciandomi da sola.

Afferro un bicchiere e apro il frigo per tirare fuori la bottiglia d'acqua.

«Uh, Ben, ho passato davvero una bellissima serata! Dovremmo farlo più spesso.» Qualcuno imita la mia voce in modo pessimo e io capisco subito di chi si tratta. Mi sembra ovvio. Chi altro potrebbe prendersela per una cosa del genere e venire qui a rompermi le scatole, soprattutto a quest'ora di notte?

«Imitazione pessima, Cameron» dico appoggiando il bicchiere sul tavolo.

«Oh no, era proprio così la tua voce. Che succede? Adesso siete innamorati? Avete già scelto la data del matrimonio? E per i figli? Pretendo di essere chiamato almeno 'zio Cameron'» ironizza appoggiandosi con la spalla alla porta.

«Smettila. Non sei divertente» lo zittisco. La mia serata stava andando decisamente bene, e non ho alcuna intenzione di farmela rovinare di nuovo da lui.

«Perché? Tu pensi di esserlo? Pensi davvero di essere divertente mentre giochi alla 'ragazzina innamorata' con qualcuno per il quale non provi assolutamente nulla?»

«Oh, senti chi parla! Provo qualcosa per Ben, forse non ne

sono innamorata, ma se sto con lui c'è un motivo. Almeno io non sono come te che ti sei buttato sulla prima trovata a una festa qualsiasi» ribatto, facendolo sorridere. Odio quando sorride in questo modo.

«Sei gelosa» dice.

«Non è questo il punto, Cameron. Non sei nessuno per venire qui e sbattermi in faccia il fatto che io stia cercando di andare avanti con qualcuno che ci tiene davvero a me.»

«Se non ti ricordi, io sono quel 'nessuno' che ha cercato più volte di dare una possibilità alla nostra storia. Quello che sarebbe disposto a riprovarci ancora e ancora, solo perché non riesce a fare a meno di te. Io sono quel 'nessuno' che ti ama ancora.»

Resto senza parole, e lui sembra essere sul punto di crollare. Sembra solo voler scappare da qui per sempre.

Con un passo molto rapido, afferra il mio volto e unisce le nostre labbra. Il bacio diventa subito passionale e violento, come se entrambi sentissimo la necessità di diventare un'unica persona, come se stessimo per unirci e per completarci a vicenda per poi non staccarci più.

Le sue mani si appoggiano sulla mia vita e la stringe delicatamente per sollevarmi e appoggiarmi sul tavolo della cucina. Le mie dita giocano con i suoi capelli mentre cingo la sua vita con le mie gambe per sentirlo ancora più vicino a me.

Sfiora la pelle sotto la mia maglietta, facendomi immediatamente rabbrividire e desiderare anche di andare oltre. Abbandono le ciocche dei suoi capelli e lascio che la mano scivoli leggera sulle sue spalle e poi sui pettorali.

Sospira quando sente il mio tocco e sposta le labbra morbide e fredde sul mio collo.

Qualcosa rovina quel momento perfetto. Mi bastano pochi secondi per rivolgere lo sguardo verso la porta della cucina e per vedere Ben che se ne va via parecchio arrabbiato.

«Ben» dico allontanandomi da Cameron.

«Cris...» Cameron mi blocca trattenendomi il polso, ma io non posso permetterlo. Non posso lasciar andare via Ben senza una valida spiegazione. C'è davvero una spiegazione valida a ciò che hai appena fatto?, domando tra me e me, ma adesso non mi interessa. Con o senza spiegazioni, devo raggiungere Ben.

«No, Cam... Devo parlargli.» Corro subito via dalla cucina e riesco a raggiungere Ben poco prima che chiuda la porta del suo appartamento.

«Ben, aspetta. Ti prego» lo supplico guardandolo dritto negli occhi.

Reggere il suo sguardo credo sia una delle cose più difficili che mi sia mai toccato fare. I suoi occhi verdi sono pieni di rabbia, delusione e voglia di lasciarmi andare via per sempre, ma allo stesso tempo, sembra essere incuriosito e riesco a percepire la sua voglia di darmi ascolto.

Spalanca la porta e mi fa segno di entrare. Non ci penso molto prima di mettere piede dentro, e prendo un respiro profondo, pronta per cominciare con il mio discorso.

«Lo sapevo. Si vedeva benissimo che c'era ancora qualcosa tra voi due, solo che pensavo che avessi intenzione di dirmelo» mi precede. «Immagino che non sia la prima volta che succede da quando siete arrivati qui.»

Non posso negarlo, anche perché dopo quello che ha visto questa notte non è giusto nei suoi confronti.

«Sì... C'è stato un bacio il giorno in cui ci hai raggiunti...» confesso.

«Lo ami ancora?» domanda.

«Sì, più di qualsiasi altra cosa» ammetto sentendo le lacrime accumularsi. «Ma questo non significa che non provi qualcosa anche per te. Non voglio che pensi che ti abbia usato solo per dimenticare lui.»

«Non lo penso.» Abbozza un sorriso. «Credo che tu debba prendere una decisione. Ti perdono solo perché Alexa mi ha detto tutto quello che è successo tra voi due in passato e ammetto che avrei avuto la tua stessa reazione se davanti a me si fosse presentata una persona che è stata in grado di stravolgermi la vita. Ma la prossima volta, non so se avrò il coraggio di pensarla allo stesso modo. Perciò prendi una decisione, in modo da non illudere più nessuno dei due.»

Il modo in cui ha reagito mi stupisce e mi lascia a bocca aperta. *Sto forse sognando?* Mi rendo conto di quanto Ben sia comprensivo e di quanto io sarei stupida a lasciarmi sfuggire l'opportunità di ricominciare da capo accanto a lui.

«La scelta l'ho già presa, Ben» rispondo.

«E io ti chiedo di ripensarci ancora. Rifletti bene su ciò che vuoi fare con Cameron, e quando sarai pronta io sarò qui, per continuare a stare con te» dice e io annuisco.

Mi avvicino e lo abbraccio, non sapendo cos'altro dire. Un abbraccio semplice, che però riesce a comunicare più di inutili parole.

Mi abbraccia e mi dà un bacio sulla testa.

«Ci tengo a te, e non voglio lasciarti andare via. Sono sicuro di poterti trattare in maniera migliore di quanto possa aver fatto lui. Dammene solo la possibilità. E soprattutto, dai conferma a te stessa del fatto che vuoi andare avanti senza Cameron» mi sussurra all'orecchio.

«Grazie, Ben.» È l'unica cosa che riesco a dire, e lascio che lui mi stringa ancora per qualche minuto tra le sue braccia.

12

Come previsto, la mattina dopo, a mezzogiorno, stiamo ancora dormendo, sfiniti dopo la serata di ieri. Dopo aver parlato con Ben, sono andata a letto. Non ho più visto Cameron, che probabilmente se ne sarà andato a dormire. E sinceramente meglio così, non ero assolutamente pronta a parlare con lui soprattutto dopo ciò che è successo tra di noi.

Non riesco nemmeno a fare colazione. Si torna sempre al punto di partenza in cui mi trovo a dover fare qualche scelta, e una delle alternative è sempre Cameron.

Quando esco fuori, vedo Cameron e Trevor seduti sulla spiaggia a parlare. *Wow, cosa sta succedendo?* Trevor e Cameron non sono mai andati molto d'accordo, ed è così strano vederli chiacchierare come se fossero amici da anni e come se si potessero fidare l'uno dell'altro. Dalla parte opposta della spiaggia, invece, vedo arrivare Ben con le cuffiette nelle orecchie, guance leggermente rosse, qualche goccia di sudore sulla fronte e respiro irregolare.

Si passa la mano tra i capelli biondi e fissa per qualche secondo l'orizzonte, mentre io sento solo la voglia di andare a parlargli e di continuare a chiedergli scusa per ciò che è successo ieri sera, perché so di non essermi comportata bene nei suoi confronti. Se lui mi avesse fatto una cosa del genere, altro che abbraccio... Uno schiaffo in faccia e sarei scappata via.

«Ehi, Ben!» Alzo la voce per farmi sentire mentre mi avvicino nella sua direzione.

Mi fissa e, dopo qualche attimo, si sposta per andarsene e proseguire la sua corsa mattutina.

Okay, me lo merito. Mi merito di essere evitata da lui.

Decido di raggiungere Trevor e Cameron, che smettono di parlare appena mi siedo sulla sabbia accanto a loro e mi scrutano, mentre io non ho il coraggio di guardarli. L'unica cosa che riesco a fare è prendere i granelli di sabbia e lasciarli cadere come una specie di antistress.

«Qualcuno non è di buonumore...» commenta Cameron.

«No. Non sono per niente di buonumore. Per colpa di quello che è successo ieri sera, Ben non vuole rivolgermi la parola. Come potrei essere di buonumore?» chiedo guardandolo e lui fa spallucce.

«Cosa ti ha detto esattamente ieri?» domanda Trevor.

«Tu lo sai?» chiedo stupita.

«Sì, me l'ha detto Cameron» risponde, lasciandomi a bocca aperta. *E da quando Cameron parla di certe cose con il mio migliore amico? Che diamine sta succedendo?*

«Ha detto che sarebbe ora di prendere una scelta e che non mi odia per ciò che è successo, anche se oggi sembra esattamente il contrario» spiego.

«Mi sembra normale che abbia reagito in questo modo. Ha capito che non sei innamorata di lui!» dice Cameron sfoggiando un tenero sorriso. Deve smetterla. Deve smettere di comportarsi in questo modo con me, se no rischio davvero di ricadere nello stesso identico errore.

«Mi ha detto che mi aspetterà fino a quando non avrò scelto cosa fare...»

«Quante cazzate. Sarà meglio che vada, se no giuro che mi troverete a vomitare tutto il romanticismo di quel ragazzo» sputa Cameron alzandosi e andandosene via.

«Lascialo perdere. È un po' deluso da ciò che è successo ieri sera...» spiega Trevor mentre io guardo il ragazzo che amo andarsene via in preda alla rabbia.

«Deluso? Da cosa?»

«Non pensava che tu ti mettessi a seguire Ben. Pensava che preferissi stare con lui, per decidere di ricominciare da capo e di darvi un'altra opportunità» risponde, e io non posso fare a meno di abbassare lo sguardo e di ritrovarmi a osservare di nuovo i granelli di sabbia. «Ah, Cris, cosa mi combini?» sospira abbracciandomi.

«Non me ne va bene una, Trevor. Non so cosa fare» confesso appoggiando la testa sulla sua spalla.

«Io lo so cosa dovresti fare.»

«Cosa?»

«Prenderti del tempo per te, tipo un mese intero, e riflettere bene su cosa vuoi e su chi vuoi. Se vuoi tentare una relazione difficile e complicata, ma piena di vero amore con Cameron, o se vuoi cercare quel sentimento forte in qualcun altro, come Ben. Sono sicuro che entrambi sapranno aspettarti perché si sa, Cameron ti ama, mentre Ben è intelligente» chiarisce e io non posso fare a meno di sorridere.

«Perché mai Ben dovrebbe essere intelligente?» domando.

«Lo è perché sa bene che non può lasciarsi sfuggire una ragazza come te. La sua reazione a ciò che è successo ieri sera lo conferma.»

Prima ero io a volere la storia a distanza, adesso è il contrario... Incredibile come si siano invertiti i ruoli, penso ad alta voce.

Ricordo ancora il giorno in cui dovevo partire per tornare a Los Angeles. Cameron non si era presentato a scuola, perciò avevo deciso di raggiungerlo a casa sua. Ci misi un po' a convincerlo a uscire dalla sua stanza, e quando venne fuori era in lacrime. Mi disse che non voleva provarci. Non voleva soffrire. Eppure l'anno dopo si è presentato proponendomi esattamente il contrario. Ed ora eccoci qua. Di nuovo insieme, pronti a ferirci l'un l'altra e ad amarci come mai nessuno.

Cosa sento di fare in questo momento? I ricordi mi spingono a raggiungere Cameron per mettermi al sicuro tra le sue braccia, unico posto in cui i miei pensieri sembrano tacere, lasciando spazio al silenzio.

Quando finalmente si alzano tutti, Taylor propone di visitare l'acquario di Waikiki.

«...Io devo andarci. Voi non potete capire. Sono anni che non metto piede dentro a un acquario.»

«A me non dispiace. In fondo, è bene vedere un po' di cose qua alle Hawaii e so che l'acquario è spettacolare» concorda Nash.

Alla fine optiamo tutti per la scelta di Taylor. Manca solo da avvertire Ben e io mi offro di andare a bussare alla porta della sua stanza. Non riesco a reggere lo sguardo di Cameron quando mi rivolge un'occhiataccia di dissenso.

Busso alla porta della stanza di Ben un paio di volte, ma da parte sua non ricevo alcuna risposta. Cerco di afferrare la maniglia e di tirarla in basso, ma la porta è chiusa a chiave.

«Andiamo? Sarà andato in giro, per conto suo» ipotizza Cameron. Non mi ero nemmeno resa conto del fatto che si fosse fermato per aspettarmi.

«Ti odio» sussurro passandogli accanto.

«Ehi! Ma che ti ho fatto?» domanda seguendomi mentre scendo di corsa le scale.

«Non doveva andare così, Cameron. Non dovevate esserci né tu né Ben in questo viaggio. Non dovevi seguire Sam e non dovevi dirmi quelle cose la sera in cui hai bevuto troppo e mi hai sussurrato 'ti amo'. Non dovevi provare a baciarmi. Perché, diamine, sai bene quanto sono fragile e quanto sia facile per te avermi ai tuoi piedi» rispondo.

«Non l'ho mica fatto apposta. E non pensare di non avere colpa in questa storia. Potevi decidere di non baciarmi e di evitarmi, esattamente come ieri sera potevi benissimo mettere fine alla storia con Ben perché sai bene che ciò che c'è tra noi è qualcosa di grande e incancellabile.»

«Smettila. Smettila. Non voglio più darti ascolto.» Alzo la voce mentre finalmente riesco a vedere gli altri in lontananza.

«Non vuoi dare ascolto troppo spesso, Cris. Non vuoi dare ascolto a me, ai tuoi sentimenti, ai tuoi amici che ti dicono che faresti bene a riprovarci perché non c'è nulla da perdere.»

Mi fermo di colpo, e lui pure. «Cosa vuoi da me?»

«Voglio te, Cris. Voglio solo ed esclusivamente te.» Non riesce nemmeno a finire la frase che le sue labbra sono di nuovo sulle mie.

Appoggio le mani sul suo petto per allontanarlo e, a poca distanza dalle sue labbra, riesco solo a sussurrare: «Non possiamo andare avanti in questo modo. Io non posso andare avanti in questo modo.» Mi allontano da lui per impedirgli di seguirmi, mentre le lacrime si accumulano e io cerco di trattenerle.

13

Quando arriva l'ultimo giorno di vacanza, sento la tristezza farsi spazio dentro ogni singola cellula del mio corpo. La voglia di pensare che questo sia soltanto il primo giorno alle Hawaii è talmente forte che sento le lacrime rigarmi le guance.

Fare le valigie e prepararsi mentalmente a dire addio a questa meraviglia è difficile. Tutti sembrano non essere per niente di buonumore...

Salutare i miei amici sarà dura, dire addio a Cameron lo sarà ancora di più. Non gli ho più rivolto parola dopo quel bacio, anche se lui ci ha provato un paio di volte. Prima ci mettiamo in testa che dobbiamo proseguire per due strade diverse, prima riusciremo a metabolizzarlo.

In cucina, mentre facciamo colazione, regna il silenzio. Ognuno sembra essere con la testa da tutt'altra parte.

«Cos'è questa tristezza, ragazzi? Non stiamo mica per andare a un funerale! Sì, sono le ultime ore che trascorreremo insieme prima di dividerci e tornare a casa, ma che senso ha passarle con queste facce? King Taylor ha una grandiosa idea per rendere questa giornata indimenticabile.» Come sempre Taylor riesce a rendere la situazione meno pesante. «Che ne dite di fare paracadutismo?»

Scoppiamo tutti a ridere. «Al confronto, l'idea di andare all'acquario non era così male» ridacchia Trevor. Già, Taylor aveva proposto di fare visita all'acquario, peccato che fosse chiuso.

«Non sto scherzando. Abbiamo tutti bisogno dell'adrenalina per chiudere in bellezza questa vacanza e impostare il cervello in modalità 'università'.» Taylor sembra parecchio convinto mentre espone la sua proposta, e noi non possiamo che prenderlo sul serio.

«Io non mi butto giù da un elicottero. Scordatelo» sputa Susan.

«Oh, ma cara Susan non te lo lascerei mai fare. L'ho proposto anche per avere la possibilità di realizzare uno dei miei più grandi sogni: spingerti giù da un elicottero» dice Taylor, facendo arrabbiare Susan.

Gli sguardi che quei due si lanciano mi fanno venire i brividi, e per fortuna Nash si mette in mezzo: «Non credi che sia un po' esagerato? Non credo che tutti abbiano il coraggio di farlo.»

«No, io sono d'accordo. Sono sempre stato curioso di sapere cosa si prova a cadere nel vuoto» interviene Cameron. «Scommetto che sarà divertente.»

«Bene, allora finite di sistemare le valigie e andiamoci subito. Ho trovato una zona in cui fanno paracadutismo su Google. Se ci sbrighiamo, riusciamo anche a non perdere il volo di ritorno a casa» risponde entusiasta Taylor.

Quando guardo i miei amici e capisco che stanno davvero per fare ciò che ha detto Taylor, rabbrividisco. Non ho mai fatto nulla del genere e non ho nemmeno intenzione di farlo. Non oggi almeno.

«Siete seri? Davvero?» domando.

«Io ho un po' di paura... Ma sono sempre stata curiosa di provare! Taylor ha ragione, abbiamo bisogno di sfogarci prima che l'incubo chiamato studio si rimpossessi della nostra testa» dice Sam.

Provo a ribattere e a rifiutarmi di fare una cosa del genere, ma mi rendo quanto di aver fallito miseramente quando mi ritrovo in un taxi, pronta ad andare incontro alla mia paura più grande: l'altezza.

«Sarà divertente!» sussurra Trevor accanto a me, stringendomi la mano per cercare di calmarmi, ma non ci riesce. Non sono ancora salita sull'elicottero, ma ho già il cuore che batte a mille.

«Sì, amore, sarà divertente» risponde Susan per attirare l'attenzione su di sé. Sì, a quanto pare, la miss è gelosa anche della mia relazione con Trevor, me l'ha detto lui. Per fortuna, il mio migliore amico non si lascia influenzare.

Il taxi si ferma e, dopo aver pagato, raggiungiamo il posto per i paracadute. Degli istruttori ci fanno una piccola lezione di un'ora circa per spiegarci come funziona e come affrontare al meglio la discesa, garantendo comunque che con noi ci saranno anche degli esperti per aiutarci in caso di problemi. *Problemi? Cosa potrebbe succedere? Potrebbe non aprirsi il paracadute e potremmo fare un volo a terra fino a schiantarci e spappolarci contro il suolo.*

La sola idea mi fa stare male e cerco di pensare a cose più allegre, anche se mi risulta quasi impossibile.

Indossiamo l'attrezzatura adatta e saliamo sull'elicottero. Seduta su quelle sedie scomodissime, decido che non mi alzerò mai più, o almeno finché non avrò rimesso i piedi a terra.

Cameron si siede accanto a me, e per fortuna mi ignora. Non mi rivolge nemmeno lo sguardo e non si degna di parlarmi, ma è meglio così, dico sul serio.

«Pronti anche per questa avventura tutti insieme?» domanda Taylor emozionato.

«Comincio a pentirmi di averti dato ascolto...» sussurra Cloe.

«Miss Caniff, non si deve preoccupare. C'è il suo eroe accanto a lei, che sarà pronto a starle accanto e darle il coraggio di scendere dall'aereo» dice Mister Bandana dolcemente, accarezzandole il volto e lasciandole un bacio sulla fronte. Il volto di Cloe muta immediatamente espressione, e adesso sembra più rilassata di prima.

L'elicottero comincia a sollevarsi da terra e a oscillare leggermente, facendomi emettere un piccolo gridolino di paura.

«Sei un po' agitata?» domanda il ragazzo accanto a me.

«Secondo te?» ribatto. L'ansia scorre nelle mie vene e parlare con qualcuno non fa altro che peggiorare la situazione. «Siamo sicuri che buttarci giù da un elicottero sia una cosa intelligente da fare?»

«Non sarà così male, fidati» ridacchia Trevor. «Al massimo tieni gli occhi chiusi per tutta la discesa.»

«Per una volta sono d'accordo con Cris.» E questa affermazione da parte di Susan mi fa anche più paura dell'altezza.

«Chiudete gli occhi e basta. Non possiamo più tirarci indietro» insiste Taylor.

«Abbiamo raggiunto la quota giusta! Chi è il primo?» domanda uno degli esperti che dovrà accompagnarci con il paracadute fino in basso.

Taylor si alza subito in piedi e ridacchia: «Ci vediamo a terra, babbani.»

Si prepara per la caduta e, prima di lanciarsi giù, grida. Grida così forte per l'emozione, che ci viene da ridere. Persino io, per qualche secondo, riesco a dimenticare di essere sospesa in aria a chissà quale altezza.

Nash e Trevor sono i prossimi, e Sam li segue subito dopo.

«Andrà tutto bene» sussurra Cameron, notando la mia espressione sconvolta. «Pensa di non essere sospesa nel vuoto. Pensa che sei su quell'albergo a Londra, e che sei al sicuro insieme a me.»

I ricordi tornano di nuovo nella mia mente. *Diamine, basta davvero così poco per farmi riavvicinare a Cameron dopo gli ultimi giorni in cui ho cercato di evitarlo in qualsiasi modo?*

Mi dà un bacio sulla fronte, e si alza in piedi. «O al massimo, chiudi gli occhi e sarai a terra in un attimo. Ma non te lo consiglio. La vista da quassù è qualcosa di spettacolare.» Mi fa l'occhiolino e si prepara per il suo lancio nel vuoto.

Quando sparisce e si lancia di sotto, sento attraversarmi una scarica di adrenalina, e l'unica cosa a cui riesco a pensare è: Prima lo fai, meglio è.

Mi faccio sistemare e chiudo gli occhi quando io e l'istruttore ci lanciamo nel vuoto. La paura di aprirli è troppo grande. Sento solo il vento scorrere tra i capelli e levigare dolcemente la mia pelle. Il silenzio più assoluto regna attorno a me mentre il mio corpo scende ad alta velocità verso il suolo.

Passa un po' di tempo prima che l'istruttore apra il paracadute, ed è a quel punto che apro gli occhi. Involontariamente, ovvio. Ma sono davvero contenta di averlo fatto.

Sotto di me sembra esserci l'infinito... Una gigantesca distesa di acqua cristallina che sembra quasi brillare tra i riflessi del sole, la natura verde e rigogliosa di Honolulu e in lontananza le altre isole che si riescono a vedere con difficoltà, ma abbastanza da poter essere ammirate da quassù. Resto incantata davanti a questa meraviglia e un piccolo sorriso si forma sul mio volto mentre contemplo ciò che la natura ha creato. Se solo potessi, correrei subito ad abbracciare Taylor per ringraziarlo di aver proposto il paracadutismo, perché davvero ne vale la pena.

Lascio che il paesaggio davanti continui a meravigliarmi, mentre scendiamo lentamente.

In un battito di ciglia la nostra avventura alle Hawaii finisce. Sembra essere stato tutto un sogno, un bellissimo sogno. Una vacanza che non dimenticherò mai.

Quando arriviamo in aeroporto la tristezza torna a dominare. Nessuno ha il coraggio di dire una parola, perciò, quando viene chiamato per la prima volta il mio volo, mi alzo in piedi per salutarli. Mi viene in mente il momento in cui stavo partendo per tornare a vivere a Los Angeles... è dura salutarli esattamente come quella volta.

Li abbraccio uno a uno e li stringo forte a me. Non ci vedremo per parecchio tempo, chissà, per mesi o per anni, e mi mancherà davvero la nostra amicizia.

Sam scoppia a piangere, mentre Cloe sembra non volermi più lasciar andare via. Nash come sempre mi stringe forte a sé e promette che ci rivedremo presto, Trevor mi fa promettere di tenere Skype acceso tutte le sere per parlarci e raccontarci le nostre avventure all'università. Taylor sdrammatizza come sempre... «Mancherai tanto, piccola fifona.»

«Non sono fifona. Alla fine almeno sono scesa giù dall'elicottero, non come qualcun altro che si è ritirato all'ultimo secondo...» dico riferendomi a Susan. Già, alla fine lei è arrivata a terra prima di noi perché non ha avuto il coraggio di saltare.

«Lo so io perché! Si è offesa perché non sono stato io a spingerla, ma non importa, sarà per un'altra volta. Salutami Benuccio caro, e digli che lo aspetto per la partita a GTA che mi ha promesso» ridacchia abbracciandomi per l'ultima volta.

Ben non è qui con noi. Lui ha preferito prendere l'aereo un giorno prima con la scusa che stava poco bene. So che non era quello il vero motivo, ma ho fatto finta di niente.

Quando arrivo a dover salutare Susan, lei mi abbraccia, ma capisco subito perché l'abbia fatto. «Sei una stupida» sussurra al mio orecchio, e ammetto che i suoi insulti non mi erano per nulla mancati. E sicuramente non mi mancheranno.

«Cosa avrei fatto questa volta?» domando.

«Te lo lasci sfuggire così, per una testa di cavolo qualunque. Evans, ti ritenevo una persona più intelligente» commenta la biondina, irritandomi.

Mi allontano da lei infastidita. Chi diamine si crede di essere?

L'ultima persona che resta da salutare è Cameron.

Lascio che i nostri occhi si incontrino per l'ultima volta, che i suoi occhi profondi si immergano per l'ultima volta nei miei. Poi mi lascio avvolgere dalle sue braccia.

Trattieni le lacrime, stai facendo la scelta giusta. Ma è davvero così? Lo scoprirò solo con il tempo...

«Promettimi che questa non sarà l'ultima volta che ti vedrò» sussurra stringendomi forte a sé.

Il suono spezzato della sua voce è come un pugnale che va dritto al mio cuore. Lo amo. Su questo non ci sono dubbi. Continuerò ad amarlo? Certamente. Il primo amore non si dimentica, resta sempre nel nostro cuore, pronto a far riaffiorare i ricordi quando la mancanza si fa sentire. Ma credo anche che andare ognuno per la propria strada sia la scelta migliore per entrambi. Ci dà la possibilità di non soffrire più e di ricominciare da capo con qualcuno in grado di renderci felici. La storia tra me e Cameron è stata molto complicata... I litigi, i problemi, il nostro amore ci hanno portati fino a qui, in questo aeroporto, in cui entrambi ci promettiamo di non dimenticare. Di non dimenticare mai chi siamo diventati grazie alla nostra storia. Perché è andata proprio così: siamo cresciuti insieme e ci siamo influenzati a vicenda. Ora, anche se nessuno dei due è veramente pronto, è arrivato il momento di ricominciare. Di ricominciare da soli. Dal momento in cui atterreremo nelle nostre città, la nostra vita ripartirà da zero. E se veramente il nostro destino vorrà farci incontrare di nuovo, allora, solo a quel punto, mi lascerò andare per sempre tra le sue braccia e sarò pronta a dare la possibilità a me stessa di accettare il dolore e l'amore che Cameron sarà in grado di procurarmi.

La vita è fatta così. Si fanno scelte giuste, si fanno scelte sbagliate. Per la prima volta, sono sicura di ciò che sto facendo. È una scelta sbagliata? È una scelta giusta? Nessuno potrà mai saperlo.

Vorrei avere a disposizione una macchina del tempo per scoprirlo. Cameron tornerà nel mio futuro? Avremo un'ultima e definitiva possibilità?

«Prometto, Cam» sussurro stringendolo ancora di più a me e lasciando che questo abbraccio si memorizzi per sempre nella mia mente.

Quando mi allontano da lui, sento una parte di me sparire nel vuoto.

Allunga la mano per accarezzarmi dolcemente la guancia, poi mi sfiora il lobo dell'orecchio, quello in cui c'è ancora quell'orecchino che ha segnato l'inizio di tutto.

I nostri cuori ci apparterranno per sempre, i nostri ricordi ci terranno connessi e questi orecchini ci terranno legati fino a quando non ci rivedremo la prossima volta.

ILARIA SORAGNI

MESS – THE ESCAPE

Prologo

Una goccia di sudore gli scivolò lentamente dalla fronte e andò a cadere sul pavimento. Era inginocchiato, il viso rivolto verso il basso mentre le mani stringevano forte la stoffa arancione dei pantaloni.

I suoi occhi chiari erano fissi sul pavimento di piastrelle bianche. Un lezzo di sudore gli entrava con forza nelle narici mentre il cuore gli batteva forte nella cassa toracica. Sembrava che tutto andasse a rallentatore: ogni respiro, ogni movimento dei suoi compagni gli appariva ovattato, come se li stesse osservando attraverso un vetro da un luogo diverso.

E con la mente lo era. Immaginava dell'erba verde al posto delle piastrelle bianche del pavimento, si vedeva circondato da una brezza leggera e non da quell'area densa e afosa che gli faceva appiccicare la tuta alla pelle.

Si guardò intorno, mentre le goccioline di sudore scendevano inesorabili oltre la guancia, fino ad arrivare al collo. I suoi compagni erano stanchi quanto lui; due di loro stavano parlando, altri invece cercavano di riempire il più possibile i polmoni ristretti dall'agitazione.

Zayn gli appoggiò una mano sulla spalla e gli disse qualcosa, ma lui non lo sentì, troppo impegnato a immaginare, al posto dei capelli corti e scuri del compagno, quelli lunghi e biondi della ragazza che in quel momento era insopportabilmente lontano da lui.

Il suono tornò pian piano a essere nitido.

«Dobbiamo andare!» urlò Zayn. Il suo viso appariva provato dalla corsa che avevano appena compiuto. Ed erano soltanto all'inizio...

Niall annuì distrattamente. Il suo corpo si rifiutava di andare avanti e prolungare il dolore ai muscoli, ma la sua mente era chiusa, stretta in una morsa che si sarebbe allentata soltanto una volta usciti da quel posto, soltanto quando avrebbe rivisto lei. Quindi resisteva, perché quel dolore fisico non era abbastanza da fermarlo. Alle parole dell'amico, guardò gli altri compagni e, dopo aver ricevuto un segno di conferma, riprese a correre. Nulla poteva trattenerlo.

1

Family

Agosto 2012

«Fa troppo caldo.»

Alzò la testa verso il sole, gli occhi chiari socchiusi. Seduto su una sedia di legno, con addosso una maglietta a maniche corte, teneva i piedi immersi nell'erba del giardino di casa.

«Entra dentro, così stai all'ombra» disse a bassa voce la ragazza affianco a lui.

Era un pomeriggio come tanti di quell'estate afosa che i fratelli Baker avevano trascorso in giardino a farsi baciare dal sole. Quando si annoiavano, trovavano qualche passatempo stupido. Come quando, la settimana prima, avevano aperto la pompa dell'acqua dei vicini, trasformando il loro giardino in una laguna di fango, con il cane che entrava e usciva di casa per richiamare i padroni incazzati.

Harry e sua sorella si erano nascosti dietro un albero a osservare la moglie dare la colpa al marito per quel disastro.

Era un modo infantile di trascorrere il tempo, ma non potevano fare altrimenti quando la noia li colpiva nelle ore più calde del pomeriggio.

Quando arrivava la sera, i suoi amici venivano davanti casa, chiamandolo ad alta voce per farlo uscire. E potevano continuare anche per minuti interi, finché lui non cedeva alle loro tentazioni.

Gemma, la sorella maggiore, rimaneva a casa con i genitori, a volte con delle amiche, aspettando che il fratello tornasse a casa in punta di piedi e con quel sorriso sghembo sul volto che lo faceva sembrare più grande dei suoi sedici anni.

Era furbo, sempre un passo avanti rispetto ai suoi coetanei; ne era consapevole, e non esitava a sfruttare questa qualità a suo vantaggio.

Ma, come spesso accade, sono i più furbi a cadere sulle cose banali, sulle piccolezze, sulle sviste.

Non ci pensava mentre, senza casco, si teneva forte alla maglia del suo amico che stava guidando la moto, cercando di ignorare la continua sensazione di cadere e sfracellarsi al suolo. Chiuse gli occhi cercando di reprimere il senso di nausea che provava a ogni curva. Non si fidava quasi di nessuno, non gli piaceva affidarsi ad altri. E, in quel momento, non gli piaceva affatto l'idea che fosse Pritt a guidare.

Quando quest'ultimo fece slittare la gomma anteriore sulla ghiaia, Harry trattenne a stento le bestemmie e le parolacce, ottenendo una risatina da parte dell'amico.

Altri ragazzi erano davanti a loro, mentre correvano veloci sulle strade sterrate nella periferia della città.

Harry non pensava a niente; la mente era libera, vuota, voleva semplicemente godersi quegli anni, che sapeva sarebbero stati i più belli della sua vita.

La moto si fermò e lui scese. Non appena i suoi piedi aderirono alla ghiaia si sentì invincibile, come se nessuno potesse fermarlo, catturarlo.

Ovviamente, si sbagliava. L'avrebbe scoperto pochi mesi dopo.

Dicembre 2003

Si svegliò quando sentì i passi veloci e leggeri susseguiti da voci e risate infantili. Si girò rapidamente dall'altra parte e scese dal letto; aveva gli occhi ancora assonnati, ma iniziò a camminare velocemente fuori dalla stanza, cercando di superare le sorelle.

Si tenne al corrimano per scendere il più in fretta possibile le scale. Sorrise quando, raggiungendo il piano inferiore, sentì il pro-

fumo di biscotti: sua madre li faceva tutti gli anni. Faceva parte della tradizione che piaceva così tanto ai quattro fratelli. Si somigliavano tutti, i tratti inconfondibili del loro cognome si riconoscevano negli occhi, nel naso fine e nel fisico snello e longilineo.

Lui si passò le mani sul pigiamino azzurro che indossava; era impaziente. Entrò nel soggiorno e, come fecero anche le sorelle, si fiondò in ginocchio sotto l'albero di Natale per cercare il pacco con il suo nome sopra. Dopo qualche minuto trovò il suo regalo, nascosto leggermente dalle lucine a intermittenza dell'albero. Lo afferrò e lo aprì all'istante, strappando la carta da regalo decorata con orsetti di peluches.

I loro genitori erano seduti sul divano, uno sguardo dolce velava i loro occhi scuri mentre li osservavano scartare i regali.

Zayn guardò attentamente la scatola rettangolare, su cui spiccava l'immagine di un bambino che, seduto davanti a un cavalletto, teneva in mano un pennello. Stava disegnando.

Zayn capì subito cosa ci fosse nel pacco e guardò sua madre e suo padre con occhi stracolmi di felicità.

Gli sembrava il Natale più bello della sua vita. Si accontentavano delle piccole cose: erano stati cresciuti così, tutti e quattro.

Ma presto Zayn avrebbe iniziato a capire cosa vuol dire essere l'uomo di casa. Prendersi cura della propria famiglia.

Aprile 2011

Non poteva farlo.

Si appoggiò allo stipite della porta e pensò che non poteva farlo, che non era affatto giusto.

Si spostò i capelli biondi corti dalla fronte per guardare meglio sua madre, che era seduta per terra, dietro al letto. Si intravedeva solo la testa.

Lei la fissava, immobile, stringendo lo stipite della porta fino a farsi quasi male alle dita. Era arrabbiata, e lo divenne ancora di più quando il viso di sua madre si voltò, rivelando le guance bagnate.

Una ragazza di quindici anni non dovrebbe arrabbiarsi così, ma Mavis, in quel momento, non poteva farne a meno. In quel momento odiava sua madre, odiava il fatto che stesse piangendo. La trovava una cosa ingiusta. Avrebbe dovuto essere forte, o almeno fingere davanti ai suoi due figli. Perché è questo che dovrebbe fare una madre.

Era lei che avrebbe dovuto piangere perché sarebbe cresciuta senza una figura paterna, non sua madre.

«Mamma» sussurrò, in tono basso ma deciso.

Al sentirsi chiamare la donna non si girò, ma continuò a guardare il nulla, a fissare un punto indefinito di quella stanza che le ricordava chi non c'era più. Le scarpe da uomo ancora sul pavimento, l'armadio aperto con delle camicie e cravatte che pendevano dalle grucce, l'orologio da polso sulla scrivania vicino alla finestra.

Da quando erano tornati dalla chiesa, sua madre si era seduta in un angolo di quella camera e non aveva voluto uscirne. Non aveva osato coricarsi sul letto matrimoniale o sedersi su una sedia: si era semplicemente accovacciata per terra, aveva portato le ginocchia al petto ed era rimasta così, senza muoversi.

Mavis, infastidita, pensò che in quel momento sua madre sembrava una bambina, quando non lo era affatto. Restò ancora qualche minuto sulla soglia della stanza, realizzando che di lì a qualche giorno sarebbe stata vuota: probabilmente la madre non avrebbe più dormito in quel posto, su quel letto, con i ricordi a rimbombarle nella testa e a farla impazzire.

Mavis si stropicciò l'orlo del suo vestito nero. Fuori faceva caldo quel giorno di aprile, ma in quel momento sentiva freddo, un freddo strano che le entrava nelle ossa. Cercò di non scomporsi, anche quando sentì una presenza minuscola aggrapparsi al suo braccio.

Si voltò e abbassò la testa per guardare Killian. Il fratellino indossava una maglietta nera e dei jeans; non sembrava un abbigliamento da funerale ma, dopotutto, un bambino di poco più di due anni non dovrebbe averne uno.

Il suo viso rotondo era contratto in una smorfia tesa. Mavis capiva che probabilmente lui non aveva concepito il fatto che suo padre non sarebbe più tornato, che non lo avrebbe mai rivisto. Lei lo capiva solo guardandolo, perché negli occhi non vedeva la stessa tristezza e inquietudine che trovava nei propri o in quelli della madre.

Un rumore sordo fece girare Mavis. Sua madre si era alzata dal pavimento e aveva lanciato a terra la sedia che si trovava davanti alla scrivania. Lei prese suo fratello per mano e si allontanò dalla soglia. Si spaventò un po' di più quando pezzi di vaso e cornici vennero scagliati fuori dalla camera, finendo nel corridoio.

Non appena la madre iniziò a urlare, Mavis prese in braccio Killian e andò in camera sua. Il fratellino si mise a piangere, e anche lei avrebbe voluto farlo, ma qualcuno in quella casa doveva fare l'adulto.

Mentre le urla si facevano più forti, lei chiuse la porta a chiave e si coricò nel letto singolo, sotto le coperte, stringendo a sé il piccolo Killian. Non voleva ammetterlo, ma aveva paura anche lei.

Sotto le coperte, si guardarono negli occhi. Li avevano entrambi azzurri, come i rispettivi padri. Quello di Mavis era morto quando lei era piccola, quello di Killian era stato sepolto poche ore prima, e la madre non aveva retto a questo nuovo dolore.

«La mamma sta male?» sussurrò Killian.

«Sì» rispose solamente Mavis. Cos'altro poteva dire?

Le urla non cessarono, né si abbassarono di tono.

Mavis avrebbe voluto tornare nella camera che sua madre stava distruggendo, avrebbe voluto dirle che non era giusto che lei stesse pensando solo al proprio dolore. Che doveva essere forte per i suoi figli e non lasciarsi andare così, che anche Mavis aveva il diritto di soffrire ma non poteva finché c'era lei che dava di matto.

Strinse suo fratello a sé e lo abbracciò, cercando di fargli sentire quell'affetto che solo la loro madre adesso poteva dargli.

2

Ready

«Non puoi fermarti!» urlò più forte che poté, cercando di sovrastare il rumore continuo e forte della sirena d'allarme. La luce si era spenta, erano accese solo alcune lampade d'emergenza.

«Non puoi, ti prego, dobbiamo andare!» ripeté con voce più bassa, avvicinandosi con uno scatto al ragazzo che se ne stava con la schiena appoggiata al muro.

Louis teneva gli occhi chiusi mentre ansimava per riprendere fiato, il viso rivolto verso il soffitto buio, che così sembrava profondo il doppio. Stava cedendo, non faceva così tanto sforzo fisico da mesi, non era più abituato.

Ma Niall voleva spingere al massimo lui, sé stesso e tutti i ragazzi del gruppo. Quando vide Louis ancora accasciato a terra si voltò verso Harry, che stava alle loro spalle, sospirando profondamente per cercare di riempire i polmoni.

Si scambiarono uno sguardo e decisero di avvicinarsi a Louis, che ora era praticamente coricato a terra. Lo presero per le braccia e lo tirarono su, e cercarono di andare avanti il più veloce possibile.

Nonostante Louis si stesse riprendendo, andavano comunque più lenti dei tre ragazzi davanti a loro. Svoltarono a destra, continuarono per un altro corridoio e poi girarono a sinistra. Stavano entrando nell'ala Est, abbandonando finalmente la Nord. L'adrenalina circolava nei loro corpi, ma ormai stava lasciando il posto alla stanchezza, pura stanchezza.

Le gambe facevano male, i muscoli non sopportavano più lo sforzo e i polmoni erano sempre più contratti, rifiutandosi di riempirsi e svuotarsi. Queste sensazioni accompagnavano tutto il gruppo.

Niall realizzò che dovevano fermarsi, non potevano continuare a correre così se volevano uscire di lì. Quando tutti si girarono a guardarlo, capì che aspettavano che fosse lui a prendere il comando della situazione. Intravide una stanza sulla cui porta non c'era alcun numero, solo l'indicazione RISERVATO AL PERSONALE. Corse in quella direzione portandosi dietro Louis, seguito da tutti i suoi compagni. Fece un sospiro di sollievo non appena Francesca, l'ultima della fila, chiuse la porta a chiave dietro di sé.

Si sedettero per terra. Niall li guardò uno a uno, studiò i loro visi, i loro sguardi, le emozioni che lasciavano trasparire.

Louis, con lo sguardo sofferente, era di fianco a lui e si appoggiava a Zayn, nei cui occhi si leggeva il medesimo dolore. Ma il suo era causato da altri motivi, Niall lo sapeva; non era lo sforzo fisico a farlo stare male in quel momento.

Loro due avevano sempre avuto qualcosa in comune, erano sempre stati legati da sensazioni, sentimenti, pensieri simili. E ora entrambi volevano uscire da lì per qualcosa di più importante della semplice libertà, per qualcuno per cui ne valesse davvero la pena.

Niall spostò gli occhi verso Harry. Lui era il più tranquillo, era stanco ma non provato psicologicamente. Voleva uscire da quel posto, certo, ma in un certo senso era come se non gliene importasse più di tanto. Forse era solo apparenza, forse anche lui dentro di sé smaniava dal desiderio di uscire, di ricominciare a vivere. Era di quello che si trattava.

Per ultimi, appoggiati contro un armadietto di ferro, c'erano Liam e Francesca.

Lei, coricata sulle gambe incrociate del ragazzo, teneva gli occhi chiusi, il respiro era pesante, il corpo abbandonato. Liam invece era seduto, una mano immersa tra le ciocche dei capelli scuri di Francesca mentre lo sguardo era fisso su un punto indefinito. Probabilmente, come tutti loro, stava immaginando quello che sarebbe successo di lì a poco.

Stavano in silenzio.

Semplicemente in silenzio.

Sopra la porta era appeso un piccolo orologio a muro, le cui lancette giravano veloci, come a incitarli a non perdere tempo.

Niall fissò l'ora; erano le otto. Avevano ancora due ore per uscire dal riformatorio, due ore per incontrare Mavis, due ore per tornare a vivere.

Era pronto? Era davvero pronto a tornare nel mondo?

Ma soprattutto, era pronto a tornarci insieme a Mavis?

3

Normal

Febbraio 2011

Non era una cosa normale, lo sapeva, ne era consapevole.

I suoi pensieri erano da qualche tempo strani, cupi; a volte spaventavano anche lui. Guardarsi allo specchio gli risultava difficile, abbassava sempre lo sguardo per non incontrare i propri occhi azzurri nel riflesso. Non provava disprezzo per sé stesso, ma a volte cercava di evitare di riflettere sul fatto che stava cambiando. Che una parte della sua mente, chissà quale e quanto grande, stava mutando. Che si stava trasformando.

Nella testa continuava a rivedere l'immagine di Anne, i suoi capelli lunghi e scuri, sentiva la sua voce tenue, ricordava il modo in cui l'aveva trattato.

Niall non l'avrebbe perdonata facilmente; nonostante i sentimenti che la avevano legata a lui, in quel momento sentiva di odiarla.

Era incazzato, come lo sarebbe stato chiunque, pensò.

Stava seduto con le caviglie incrociate su una panchina umida e fredda. Spostava lo sguardo dalle sue scarpe rosse ai binari intorno a lui; non c'era quasi nessuno in stazione alle dieci di sera, e di certo non in una stazione di periferia come quella.

Però lui lì stava bene, riusciva a riordinare i suoi pensieri. Capiva cosa doveva fare, rifletteva nel silenzio della sera e nello stridere delle rotaie.

Quel posto gli piaceva; gli dava l'illusione di potersene andare in qualsiasi momento, semplicemente salendo sul primo treno che vedeva.

Ma non poteva... Era appena arrivato e aveva già voglia di andarsene. Com'era possibile?

In fondo gli mancava l'Irlanda, l'accento, i modi di fare, le persone. E, in quel momento, gli sembrava semplicemente di essere nel posto sbagliato.

L'America era troppo grande, troppo.

Il Maryland, dove si trovava adesso, non l'aveva neanche mai sentito nominare prima di trasferircisi. Era stato obbligato ad andarci: dopo che era stato espulso da due scuole, suo fratello Greg l'aveva preso di forza e portato dall'altra parte del mondo.

I suoi genitori li sentiva una volta ogni tanto, non davano molta attenzione al figlio problematico; li capiva, non era arrabbiato con loro. Dopotutto si trovava bene con suo fratello; era stato Greg a occuparsi di lui fin dalla prima adolescenza e si era offerto di trasferirsi in America quando la nonna materna era morta. Avevano bisogno di cambiare aria, routine.

Un altro treno lo superò rumorosamente, alcuni pali illuminavano la stazione deserta.

Si sentiva solo. Greg usciva da tempo con una ragazza americana e lui si era allontanato: voleva lasciargli il suo spazio, e in qualche modo ringraziarlo, permettendogli di vivere la sua vita.

In quel momento aveva solo bisogno di qualcuno. Non aveva pretese, non avrebbe fatto lo schizzinoso, gli bastava una qualunque persona che potesse stargli vicino. Che in quel momento stesse seduto di fianco a lui su una panchina umida e fredda, piena di scritte oscene.

Avrebbe trovato questa persona molto prima del previsto.

Novembre 2014

Mavis si guardava continuamente intorno, le parole del giudice risuonavano forti e chiare nella sua testa. 'Sei mesi di riformatorio, in attesa di una pena definitiva.' Non sapeva molto di posti del genere, solo che non ci andava la gente buona.

Non capiva; lei era una brava persona, una ragazza normale. E allora perché era seduta su un furgone della polizia che l'avrebbe portata nel più famoso riformatorio del Maryland?

Non era pronta ad andare in un ambiente del genere. In quel momento aveva voglia di stringere le mani attorno al collo del giudice che aveva esaminato il suo caso. Era passata da vittima a colpevole, senza neanche accorgersene.

Voleva tornare a casa, da suo fratello, da sua mamma e dai suoi familiari. Quel desiderio non era mai stato così ardente nella sua testa come in quel momento.

Il cuore le batteva forte, lo sentiva pulsare nelle orecchie, mentre il sangue le fluiva in modo violento dentro le vene e la vista cominciava ad annebbiarsi: sarebbe svenuta da un momento all'altro. Fece aderire completamente la schiena al sedile morbido su cui era seduta. Il posto di fianco a lei era vuoto; a farle compagnia in quel viaggio verso il riformatorio c'erano soltanto tre agenti e due ragazzi dall'aria spaventata quanto lei.

Il suo stato d'animo peggiorò quando spostò lo sguardo verso i finestrini e vide le sbarre.

Avrebbe voluto sentire l'aria fresca contro il viso, una sensazione che non avrebbe provato per un po' di tempo.

Ancora non se ne rendeva completamente conto; non riusciva a realizzare di dover trascorrere almeno sei mesi in riformatorio, per lei era impossibile anche solo da immaginare.

«Voglio scendere» sussurrò.

L'agente di fronte a lei non la sentì parlare, era intento a guardare la strada dritto davanti a sé.

«Voglio scendere!» urlò allora Mavis, alzandosi in piedi.

L'agente la raggiunse subito. «Siediti, siamo quasi arrivati» le ordinò, posandole una mano sulla spalla e spingendola di nuovo contro il sedile.

Quasi arrivati.

No, pensò, non poteva davvero finire in un riformatorio.

Il furgone si fermò davanti a un alto cancello di ferro, aspettò qualche secondo che si aprisse, dopodiché entrò nel cortile interno della struttura. Era imponente, grigia e con tutte le finestre sbarrate; il cortile piccolo e con un accenno di verde.

Mavis fu sul punto di scoppiare a piangere; era una ragazzina, non potevano tenerla lontano dalla sua famiglia per così tanto tempo.

I tre agenti fecero scendere Mavis e gli altri due ragazzi dal furgone. Si guardò intorno, come se fosse spaesata, come se non riuscisse a realizzare che non avrebbe più visto il mondo esterno per molto tempo.

Una piccola folata di vento le spostò la ciocca di capelli che le era scivolata da dietro l'orecchio mandandola a finire sul suo volto. Chiuse gli occhi e cercò di godersi il sole sulla pelle, il vento fresco, la sensazione di essere libera che di lì a qualche minuto sarebbe sparita.

Quel momento di pace durò poco. Uno degli agenti la prese per un braccio e la tirò verso l'entrata. Dei gemiti le uscirono dalle labbra, cercò di ribellarsi puntando inutilmente i piedi a terra, ma la guardia non sembrò neanche accorgersene. Pregava che la forza di gravità potesse tenerla incollata a terra, non facendola muovere di un millimetro, ma l'agente continuò a trascinarla fino all'entrata del riformatorio.

A lei e agli altri due ragazzi vennero messe le manette ai polsi prima di essere scortati dentro la struttura.

Mavis chiuse gli occhi mentre varcava la porta. Li riaprì quando dovette fare gli scalini e attorno a sé vide solo bianco. Un bianco accecante che le avrebbe fatto compagnia per giorni, settimane, mesi.

Per un attimo le sembrò di essere entrata in paradiso: era decisamente un controsenso, ma quel posto, di quel colore, sembrava così celestiale, così candido.

Sapeva benissimo che non era assolutamente così, però, finse per un secondo di essere davvero in un posto come quello che aveva appena descritto: celestiale, tranquillo, silenzioso.

Fu subito riportata alla realtà da un grido che attraversò le pareti fino ad arrivare alle sue orecchie. Le vennero i brividi; lei avrebbe mai urlato così?

Le scale finirono, i due ragazzi che erano sul furgone con lei vennero scortati altrove.

Il panico ormai si era assestato a un livello costante, non aumentava né diminuiva, e le provocava un senso di nausea.

La guardia la condusse lungo un corridoio per poi fermarsi accanto a una porta. Si girò verso Mavis, le tolse le manette e la spinse oltre la soglia.

Lei non fece neanche in tempo a girarsi e a parlare che la guardia chiuse la porta e se ne andò, lasciandola sola.

Mavis si guardò intorno spaesata. Davanti a lei si apriva un lungo corridoio, anch'esso bianco.

Si voltò dall'altra parte, verso la porta da cui era entrata. Voleva andarsene da lì.

Strinse i pugni prima di sbatterli con forza contro la porta appena chiusa.

«Fatemi uscire!» urlò.

I capelli biondi le sferzavano il viso accaldato, le mani iniziavano a farle male mentre si accaniva sulla porta e imprecava con tutto il fiato che aveva in gola.

«È inutile che urli.»

Si fermò di colpo e si girò verso quella voce bassa, corrugando la fronte.

«Più urli e più penseranno che sei malata.»

Osservò il ragazzo fare dei passi verso di lei; la sua altezza la sovrastava, la tuta verde che indossava gli fasciava il bacino magro e le gambe longilinee.

Lui si spostò all'indietro i capelli corvini e si sistemò le maniche della felpa, prima di sorriderle divertito. I tatuaggi che gli ricoprivano le braccia ne mettevano in risalto la pelle olivastra.

«Io uscirò da qui!» disse lei a denti stretti.

«Oh, certo» la schernì lui.

«Fanculo!»

Il ragazzo alzò le braccia in segno di resa facendo un altro passo avanti. «Comunque, io sono Zayn.»

Lei fissò la mano che le stava tendendo e la strinse riluttante. «Mavis» sussurrò.

«Eccellente» rispose lui sorridendo. I suoi occhi scuri la scrutavano con attenzione. «Questa settimana hanno dato a me il compito di fare da guida, quindi seguimi.» Le diede le spalle e cominciò a percorrere il lungo corridoio bianco davanti a loro.

Tutto quel candore le stava dando alla testa. Quel posto non le piaceva, si sentiva in gabbia. Come se l'avessero rinchiusa dietro sbarre di ferro.

«Questa è l'ala Nord» le spiegò Zayn. «Ci portano i nuovi arrivati e tutti quelli che indossano la tuta verde. La tua stanza è in questo corridoio.»

Mavis lo seguiva, osservando circospetta l'ambiente in cui si trovava. Si voltò un secondo a fissare la porta massiccia che poco prima stava colpendo con tutte le sue forze.

Poi si concentrò di nuovo sul ragazzo, che la stava aspettando davanti a una porta color panna con il maniglione antipanico di un rosso acceso.

«Oltre questa parete c'è l'ala Est. Prega di non metterci mai piede.» Si irrigidì. «Lì non succedono belle cose.»

Mavis annuì e rabbrividì nel sentirlo ridere meschinamente.

Pochi passi dopo, Zayn si fermò davanti a un'altra porta, uguale alla precedente ma senza maniglione antipanico. Al centro dell'anta c'era una finestrella, e sotto questa un numero impresso in caratteri neri spessi, come se fossero stati scritti con violenza.

Mavis notò che lungo il corridoio si susseguivano moltissime porte come quella, ognuna delle quali aveva un numero. Incuriosita, fece un passo avanti per affacciarsi alla finestrella e guardare all'interno.

Zayn la trattenne per un braccio. «Prima regola» le sussurrò. «Non avvicinarti alla stanza 105.»

Mavis rimase confusa da quelle parole. Strinse la mascella sentendo la presa di Zayn irrigidirsi mentre la trascinava lungo il corridoio fino a fermarsi davanti alla cella numero 114.

«Le stanze di giorno sono lasciate aperte, ma ti consiglio di uscire solo se te lo dicono. Le guardie vengono a chiamarci all'ora dei pasti» disse Zayn aprendo la porta e spingendo Mavis all'interno. Lei quasi perse l'equilibrio. «E per il resto, be', le regole sono semplici: sopravvivi e cerca di non impazzire.»

Rise di nuovo prima di sbattere la porta e lasciare Mavis da sola. «Benvenuta all'inferno» le urlò entrando nella stanza accanto.

4

Clock

Se la immaginava varcare la porta come se non stesse succedendo nulla, domandare allegramente perché tutti avessero quelle facce.

'Oh, tesoro' avrebbe sospirato Niall, ridacchiando.

Se solo lei avesse saputo a cosa stavano andando incontro per uscire da lì, se solo avesse saputo la forza d'animo che ci stavano mettendo, l'energia fisica e quella mentale...

Quanto desiderava che lei entrasse davvero in quel momento, che camminasse attraverso la stanza e lo andasse ad accarezzare. Non voleva nient'altro, solo una carezza, un segno che c'era, che era presente, che era lì per lui.

Ma sapeva che il suo desiderio sarebbe rimasto insoddisfatto e, più guardava Liam e Francesca scambiarsi sguardi complici di protezione e amore, più si incazzava al pensiero che Mavis non fosse lì con lui. Subito dopo, però, se ne pentì: lei era più al sicuro in ospedale che in quel posto con loro.

Guardò di nuovo l'orologio. Il tempo stava scorrendo velocemente, la sirena d'allarme ancora risuonava per la struttura mentre alcune guardie correvano da un corridoio all'altro.

La lancetta girava provocando ansia nel corpo già troppo pieno di adrenalina di Niall. Chiuse la mano a pugno cercando di trattenere la rabbia e le altre emozioni: erano tante, troppe. La frustrazione, la rabbia, l'adrenalina e il terrore si erano fuse a formare un mostro sotto la sua pelle chiara.

Le persone non potevano neanche immaginare; poche avevano la fortuna di provare un amore forte come il suo. Era strano, quasi surreale, ma allo stesso tempo così concreto e vero.

Con un sorriso stampato sul volto ripensò a quello che gli aveva detto suo fratello Greg qualche settimana prima. Erano nella camera 105, seduti sul letto a parlare di quello che passava loro per la mente.

Ricordava benissimo il modo in cui suo fratello lo aveva guardato, gli occhi socchiusi e la bocca storta in un sorriso sincero. E ricordava benissimo le sue parole: 'Quando mi hai parlato per la prima volta di Mavis ero stupito, non ti avevo mai visto così. Prima lo scarso livello di serotonina nel tuo cervello ti provocava pensieri preoccupanti, ma quando vi ho visti finalmente insieme, l'ho saputo con certezza. Ho notato le pupille dilatate, la postura diversa, ho visto che involontariamente cercavi la sua mano. La scienza ha confermato che avevi trovato quella giusta, ci credi?'

Ci credeva davvero, in quel momento, chiuso in uno sgabuzzino con i suoi amici. E, preso da quella consapevolezza che lo aveva calmato, si alzò e si diresse verso la porta. Doveva andare da lei, era l'unica cosa a cui pensava, l'unica cosa che occupava il suo cervello praticamente spento, acceso solo dalla voglia di averla con sé, stringerla, confortarla e consolarla.

«Dobbiamo continuare la fuga, non manca molto per uscire» disse deciso.

Guardò gli occhi di tutte le persone con lui in quella stanza e pregò tra sé e sé. Cercò veramente di farlo, ma si rese conto di non ricordarsi quasi più neanche un verso di una delle decine di preghiere che aveva imparato a memoria da piccolo.

In quel momento avrebbe voluto saperle, e si ritrovò a sorridere all'idea che sicuramente Mavis avrebbe riso di questo suo pensiero.

'Pregare?' gli avrebbe detto. 'Non l'hai mai fatto, non sei mai stato un fedele o un praticante e adesso ti metti a pregare?'

E avrebbe avuto ragione, si disse, per poi chiedersi come mai tutte le persone nel momento del bisogno si riducevano a pregare. Come se volessero aggrapparsi disperatamente a qualcosa. L'ultima spiaggia.

«Okay, siamo usciti dall'ala Nord ed entrati in quella Est, adesso cosa facciamo?» chiese Harry, spostandosi i capelli dal viso e asciugandosi il sudore che gli velava la fronte.

«Jason ci aspetta dall'altra parte dell'ala Est, c'è una porta antincendio che ci farà arrivare al piano di sotto» ricapitolò Niall. «Da lì useremo un'altra porta antincendio che conduce alle scale esterne della struttura e poi usciremo dal cancello sul retro. Abbiamo tutti i codici di sblocco, Louis li ha recuperati la settimana scorsa.»

Niall guardò i suoi compagni, che gli diedero un segno di conferma.

«Possiamo fidarci di Jason?» domandò Francesca.

«Assolutamente, è stato lui a prendersi cura di Mavis quando è stata isolata nell'ala Est. Non ha intenzione di scappare con noi, ma ha detto che farebbe di tutto per aiutarci» rispose.

«Cosa farà esattamente?» La voce di Louis era tesa, ancora provata dalla stanchezza della corsa precedente.

«Sorveglia la porta antincendio per evitare che qualcuno la blocchi. E per evitare di farci rinchiudere a vita in una stanza senza finestre» rispose. Si fidava di Jason, sapeva bene che era una brava persona.

Diede un'ultima occhiata all'orologio, abbassò la testa e aprì la porta.

5

Mistake

Febbraio 2011

Erano settimane che la andava a prendere al lavoro; dal finestrino della sua vecchia auto riconosceva subito la lunga chioma nera che si spostava velocemente tra la gente.

Se pensava a degli aggettivi per descriverla, il primo che gli veniva in mente era 'piccola'. Perché, fondamentalmente, lo era. Lei gli aveva detto di avere diciannove anni, ma lui era convinto che avesse mentito e che in realtà non ne avesse più di sedici. Era piccola, si capiva anche dal modo in cui ragionava. Niall era qualche anno più grande, ma per lui non era affatto un problema.

La vide allontanarsi da un gruppetto di persone e avvicinarsi alla sua auto. Aveva un sorriso strano, come se fosse imbarazzata; qualche giorno prima gli aveva detto di non volerlo più frequentare, ma aveva acconsentito a parlare con lui un'ultima volta.

Niall notò alcune colleghe di Anne che li guardavano da lontano, le braccia strette al petto mentre sembravano parlare dello strano ragazzo che veniva a prendere la loro amica.

Anne chiuse delicatamente la portiera. Era sempre tranquilla, pacata, non si arrabbiava mai.

Niall ripensò alla prima volta che l'aveva vista. Era passato per caso davanti al caffè in cui lei lavorava. Il semaforo era rosso da qualche minuto e lui stava già imprecando: odiava aspettare, era una cosa che non sopportava.

Stava lì, fermo, passandosi continuamente le mani sul viso stanco, quando con la coda dell'occhio l'aveva vista uscire dal caffè. Indossava la divisa da cameriera, ma sembrava una studentessa. Lui a scuola aveva smesso di andarci; dopo essere stato espulso da due istituti aveva semplicemente smesso di provare.

Lei si era fermata fuori dal caffè con alcune amiche; i capelli scuri le coprivano il viso, il corpo longilineo spiccava tra la gente.

Da allora era sempre passato alla stessa ora davanti al caffè, finché un giorno non le aveva parlato. E avevano cominciato a frequentarsi.

Lui sembrava sempre così sicuro di sé, sembrava che sapesse sempre quale fosse la cosa giusta da fare, da dire. In realtà, non era proprio così.

E in quel momento, la guardava di sottecchi, senza farsi notare. Qualcosa non andava.

«Alle tue amiche non sto simpatico, vero?» chiese ridacchiando. Voleva stemperare la tensione che si era creata quando era salita in auto.

Lei rise, ma non rispose.

«Hai pensato a noi due?» chiese lui.

Anne si passò una mano tra i capelli, guardando fuori dal finestrino.

«Io...» si fermò qualche secondo «...non credo proprio che tra di noi possa continuare, Niall. Non mi sento abbastanza felice con te. Capisci?»

No, Niall non capiva. Non ci riusciva.

Rimase in silenzio, gli occhi fissi sulla strada mentre stringeva il volante così forte che le nocche divennero bianche. A un incrocio svoltò a sinistra. Stava per fare una cosa di cui si sarebbe pentito, ma in quel momento non gli interessava.

Dove la stava portando? Che cosa stava facendo?

Una vocina nella sua testa gli disse che stava per compiere un grosso errore, ma la mise a tacere.

Non importava se ciò che stava per fare era sbagliato. In un modo o nell'altro, Anne doveva essere sua. O sua o di nessun altro.

«Niall.» La voce di Anne era bassa, spaventata. «Casa mia è dall'altra parte.»

6

Run

Appoggiandosi alla parete, sporse la testa dietro l'angolo; si tirò subito indietro, vedendo passare una guardia.

«Dobbiamo percorrere solo questo corridoio. Jason dovrebbe aspettarci in fondo» spiegò Niall.

Il respiro affannoso era rumoroso, ma non abbastanza da coprire le sirene che continuavano a suonare da quasi un'ora. Rimbombavano nella testa fino quasi a farti perdere la ragione, come se non fossero già abbastanza in pericolo.

Non erano più gli stessi che erano entrati in riformatorio; dopo mesi – anni, per qualcuno di loro – rinchiusi lì dentro, avevano perso qualcosa. Un pezzo della loro umanità.

Niall si sporse di nuovo oltre l'angolo che affacciava sull'ennesimo corridoio. Per un momento pensò distrattamente che ce ne erano così tanti proprio per farti perdere il senso dell'orientamento.

Cercò di reprimere la scomoda vocina nella sua testa che continuava a sussurrargli che non sarebbe mai uscito da quel posto, che avrebbe convissuto con quell'angoscia opprimente per mesi, anni ancora.

Appena vide che la guardia se n'era andata riprese a correre, i suoi compagni lo seguirono silenziosi e veloci.

Correvano a perdifiato; i tratti più difficili da superare erano proprio i corridoi, perché offrivano pochi ripari.

Si fermarono solo all'angolo successivo, nascondendosi

nell'ombra per guardare l'ultimo tratto lungo e vuoto che li separava dall'uscita dell'ala Est.

Dall'altro lato, Jason guardava il muro davanti a sé, aspettando in silenzio l'arrivo del gruppo di ragazzi. Era ansioso: se lo avessero beccato probabilmente avrebbe passato un periodo tremendo.

Muoveva la gamba ininterrottamente; era teso, rigido e non ce la faceva più ad aspettare.

La porta antincendio davanti a lui, quella che sarebbe stata la via d'uscita dei ragazzi, si aprì di scatto. Gli si gelò il sangue nelle vene quando vide Marcus varcare la soglia e sorridergli.

«Cosa ci fai qui, Jason?» gli chiese ridacchiando, come se non fosse grave il fatto che un ragazzo della struttura fosse in giro di notte durante un allarme.

Lui deglutì e non disse niente. Non ci riusciva, poteva a malapena respirare. Come poteva quell'uomo incutere così tanto timore?

Marcus si passò una mano tra i capelli brizzolati, per poi sistemarsi la camicia bianca e immacolata che indossava in quel momento. «Non vuoi parlare con me, Jason?» lo derise.

Lui chiuse gli occhi e si addossò contro la parete alle sue spalle. Cercò di non perdere la calma, di non mettersi a piangere davanti all'uomo che lo teneva in gabbia da anni.

Per mantenere il controllo cercò di ricordare il viso di Cassandra. Richiamò alla mente il suo modo di parlare, di ridere, di scherzare, di camminare. Ogni cosa di quella ragazza aveva un effetto calmante su Jason. Ma solo per pochi istanti. Subito dopo subentrava prepotente il ricordo di cosa le fosse successo, di cosa *lui* le avesse fatto.

Il rimorso e il senso di colpa lo avrebbero accompagnato per tutta la vita; le immagini di un futuro ormai impossibile con Cassandra e loro figlio gli avrebbero bruciato il cervello fino a ridurlo in cenere. Avrebbe dovuto ammazzarsi dopo l'incidente a cui era sopravvissuto, in cuor suo lo sapeva.

Gli occhi di Marcus cercarono i suoi, trapassandolo, gettandolo nel terrore.

7

Sky and stars

Maggio 2012

La scuola non era mai stata un problema per lui, in fondo gli piaceva imparare cose nuove, capire come funzionasse il mondo intorno a lui. Fin da piccolo aveva sempre mostrato molta curiosità per l'ambiente che lo circondava, la famiglia, gli amici, la scuola, il mondo. E il cielo.

Era il cielo la sua più grande passione. Spesso si sdraiava nel giardino dietro casa sua, incrociava le braccia dietro la testa e si metteva a osservare le migliaia di stelle che si stagliavano nel cielo nero.

Ultimamente aveva cominciato a fumare mentre osservava il cielo stellato, gli sembrava di afferrarne meglio i misteri. L'erba liberava in lui l''intelligenza spirituale' – l'aveva studiata in prima superiore e solo ora gli pareva di capire cosa fosse. Cominciava a porsi mille domande strane, complesse, ma allo stesso tempo così ridicole e semplici che non capiva come mai non se le facesse anche quando non fumava.

Talvolta condivideva quei momenti con qualche suo amico, di solito era Dan.

Aveva i capelli rasati praticamente a zero, la faccia pulita e indossava sempre delle tute. Fisicamente era il contrario di Louis: robusto e alto, mentre lui era basso ed esile.

Comunque, quando erano sdraiati e avevano fumato le loro dif-

ferenze erano pressoché nulle. Non si definivano drogati; si facevano una canna ogni tanto, sì, ma senza esagerare.

Louis era considerato da tutti un bravo ragazzo, non dava fastidio a nessuno e nessuno dava fastidio a lui.

Nonostante lo affascinasse molto l'astrologia, le materie in cui riusciva meglio restavano diritto e matematica, ma per necessità, non per passione. Con il passare dei giorni, infatti, aveva imparato a quanto vendere un grammo di roba, come tenere i conti e a quali sanzioni penali sarebbe stato sottoposto se lo avessero beccato.

Voleva sempre tenere sotto controllo ogni cosa. Il suo giro era piccolo, composto da pochi ragazzi. Alcuni per i corridoi lo guardavano storto, come se sapessero quello che faceva la sera nel cortile dietro casa sua con 'Dan lo strano' e lo disprezzassero.

La situazione iniziò a degenerare quando furono beccati a fumare nei bagni della scuola. Dopo la sospensione, che tanto aveva fatto incazzare il padre di Louis, tutti ebbero conferma di come passassero il tempo lui e Dan.

Quest'ultimo cambiò quasi subito scuola: i suoi genitori erano troppo conosciuti e orgogliosi per permettere che si dicesse in giro che il loro unico figlio spacciava, faceva uso di droga ed era stato sospeso. Fortunatamente, il preside non aveva contattato le autorità per prendere provvedimenti.

Dopo la sospensione, Louis provò a riprendere la vita di sempre.

Una mattina che sembrava come tutte le altre si alzò, guardò fuori dalla finestra e sorrise. Le sue sorelle dormivano ancora nelle loro rispettive stanze e un silenzio rassicurante lo accompagnò fino alla fermata del pullman. Il vialetto davanti casa era vuoto, i suoi genitori erano già andati a lavorare.

Fino all'ora di pranzo andò tutto bene; le ore di lezione furono tranquille, e nessuno lo guardò male, con derisione o con timore.

Fino a quel momento...

Entrando in mensa, notò subito un ragazzo dai capelli scuri che, seduto a un tavolo, gli lanciava sguardi di scherno.

Louis lo conosceva; non gli stava simpatico, e lo infastidiva che lo stesso fissando in quel modo. Fece comunque finta di niente mentre lo sentiva ridere insieme ad altri compagni di squadra. Ti-

rò fuori il suo libro di matematica, lo aprì e iniziò a leggere cercando di ignorare quello che gli succedeva intorno.

Poi, una frase gli fece improvvisamente perdere la calma che aveva cercato di mantenere durante tutta la mattinata.

«Ehi, King, quello non si sniffa.»

8

Betrayal

Marcus rimase fermo davanti a Jason, aspettando una risposta che lui non voleva dargli. Ma il ragazzo era ben consapevole del fatto che prima o poi avrebbe dovuto farlo: Marcus, ovviamente, avrebbe usato ogni mezzo per ottenere una risposta.

«Cosa vuoi sapere?» domandò Jason, gli occhi fissi nel vuoto mentre realizzava che stava per tradire Niall. Ogni secondo che passava, ogni parola che diceva, la sua anima si macchiava sempre più del peccato del tradimento.

«Voglio solo sapere» rispose il direttore con voce calma e bassa «cosa sta succedendo.»

Marcus non era un tipo muscoloso, pensò Jason, ma tutta la cattiveria e la rabbia che dimostrava ogni giorno facevano sembrare imponente il suo fisico.

«Chi stai aspettando qui? Se me lo dirai, non ti punirò in alcun modo per essere uscito dalla tua stanza di notte, durante un allarme in corso. Altrimenti...» Marcus non finì la frase, lasciando che quella tacita minaccia aleggiasse tra loro.

Jason sapeva che la cosa giusta da fare sarebbe stata rimanere zitto, assumersi le responsabilità delle proprie azioni e soffrire in silenzio.

Ma aveva troppa paura.

«Me lo prometti?» domandò, con il tono di voce di un bambino. In quel momento scoprì come si era sentito Giuda.

***

Proseguivano lentamente, tenendosi addossati al muro. Ogni tanto qualcuno si faceva scappare un lamento di dolore e fatica. Erano a metà del corridoio.

Niall sentì il sangue esplodergli nelle vene per il flusso troppo violento, il cuore pompava freneticamente nella gabbia toracica.

Era il primo della fila. Si girò indietro a guardare se c'erano tutti. Aveva sempre la paura che qualcuno si perdesse o rimanesse indietro: non se lo sarebbe mai perdonato. Di cose brutte ne aveva fatte nella vita, e non voleva assolutamente aggiungerne altre a quella lista già lunga.

Mentre li guardava negli occhi uno a uno, si rese conto che erano diventati amici grazie a Mavis, l'unica persona che in quel momento non era con loro. Gli sembrava un paradosso: il collante del gruppo era assente, e ora stava a Niall cercare di tenerli uniti.

Non si sarebbe mai perdonato se avesse perso uno dei suoi amici, ma al tempo stesso non desiderava altro che uscire il prima possibile da quel posto.

Non ce la faceva più, quelle mura si stringevano ogni minuto di più.

Arrivarono in fondo al corridoio, girarono l'angolo e Niall rimase confuso e sorpreso quando non vide Jason. Dov'era? Perché non si era presentato? Lo avevano trattenuto da qualche parte?

Si impose di rimandare quel pensiero a più tardi: ora la priorità era far uscire tutti da lì.

Aprì la porta antincendio, si guardò intorno per controllare che non arrivasse nessuno e fece segno ai suoi amici di andare.

«Veloci!» sussurrò. Poteva vedere da oltre la porta la tromba delle scale: gli sembrava una visione celestiale.

Mentre i compagni scendevano rapidamente, Niall si trattenne a osservare il corridoio, senza sapere bene il perché.

Aveva la possibilità di scappare, finalmente, ma rimaneva fermo a guardare quello che sarebbe diventato il suo passato.

Si voltò di scatto quando vide qualcuno muoversi alle sue spalle.

La figura avanzò fino a lui. Sul volto fiero ostentava un sorriso beffardo, di puro disprezzo.

Niall si sentì gelare, non riusciva a muoversi.

Marcus era davanti a lui. Per un secondo pensò fosse solo un'allucinazione, ma quando parlò capì che era tutto vero.

«Dovresti scegliere meglio i tuoi amici» disse il direttore, avvicinandoglisi lentamente. «È un consiglio.»

Tutte le speranze di Niall si frantumarono davanti ai suoi occhi, i suoi sogni vennero distrutti in un istante.

Si mise a piangere, e le lacrime silenziose gli scesero lungo le guance. Al pensiero che non avrebbe più rivisto Mavis non riusciva a trattenersi. Si sentiva morto.

«Uccidimi» sussurrò. «Ti prego, uccidimi.»

Non voleva uscire senza di lei e di certo non voleva neanche rimanere lì. Era un pensiero già consolidato nella sua mente, le opzioni erano sempre state soltanto due: o una vita con Mavis, o la morte.

Era un pensiero cupo e macabro, ma anche tristemente vero: non aveva altro oltre a lei. Senza di lei, non avrebbe più avuto nulla per cui valesse la pena vivere.

9

Big eyes

Gennaio 2011

Non aveva mai pensato a questo genere di cose, ma in quel momento non gli interessava altro. Fisso sull'obiettivo, non spostava il suo sguardo di un centimetro.

La fissava muoversi da una parte all'altra dell'istituto; probabilmente stava cercando la sua classe. Era appena arrivata a scuola, e si guardava intorno smarrita.

Avrebbe voluto aiutarla, ma aveva paura di avvicinarsi troppo; si sentiva come un bambino che rimane incantato da un animale, ma che lo fa scappare perché gli è andato troppo vicino. E lui non voleva, non voleva farla scappare per nessuna ragione al mondo.

Quindi si limitava a guardarla da lontano, appoggiato a una finestra del corridoio del primo piano. Intorno a lui c'era altra gente che camminava, che parlava, ma lui era concentrato solo su di lei, sui suoi grandi occhi azzurri che si spostavano ogni secondo, curiosi e fulminanti. E lo avevano colpito, eccome se lo avevano colpito. Quando aveva incrociato il suo sguardo per la prima volta, Zayn aveva sentito una potente scossa, che lo aveva preso in pieno e quasi ucciso.

Una volta trovata la sua classe, sparì dalla vista di Zayn. Lui si lasciò sfuggire un piccolo sospiro quando i suoi capelli biondi sparirono dal corridoio, poi tornò a parlare con Peter, che era rimasto a guardarlo e gli rideva in faccia.

«Perché stai ridendo?» Zayn sbottò e lo spinse. Gli dava fastidio essere preso in giro così sfacciatamente.

«Non sto ridendo» si difese Peter mentendo spudoratamente.

Si divertiva a sbeffeggiare Zayn, e godeva nel vedere come lui se la prendeva subito. Ma quella volta si intimorì nel vedere lo sguardo che Zayn gli lanciò.

«Ehi,» disse avvicinandoglisi «stavo scherzando Zayn.»

Lui scosse la testa, spostando lo sguardo verso il corridoio, nel punto in cui, qualche minuto prima, aveva visto la ragazza dai capelli biondi.

La campanella suonò e con lo sguardo fisso nel vuoto Zayn seguì Peter, dirigendosi verso la propria classe.

Febbraio 2011

Lo sguardo di Zayn vagava per il corridoio. La mascella contratta, i pugni chiusi senza un motivo preciso, sentiva dentro di sé un senso di disagio e rabbia nel vedere Perrie poco distante da lui, intenta a sistemare i propri libri nell'armadietto.

Gli dava fastidio il fatto che lei non avesse difetti, che non fosse una stronza senza cuore o dal carattere scorbutico. Non gli andava giù che non potesse incolparla di qualcosa, per esempio ritenerla responsabile del fatto che lui non avesse il coraggio di parlarle.

«Che stronza» sussurrò tra sé.

«È inutile che ti arrabbi con lei» si intromise Peter. «E poi lo sappiamo tutte e due che non è una stronza.»

Zayn guardò il ragazzo accanto a lui per qualche istante, poi riportò l'attenzione su Perrie. Alcuni studenti gli passarono davanti e Zayn fece di tutto per non perderla d'occhio. «Lo so» rispose. Se Perrie fosse stata una stronza tutto sarebbe stato più facile, ma purtroppo lui aveva messo gli occhi sulla persona più buona dell'intera scuola. Era frustrante.

«Sai che fissare una persona non vuol dire socializzare, vero?» lo canzonò Peter.

«E tu lo sai dove metterti le tue ovvietà del cazzo, vero?» rispose a tono.

Zayn non era mai stato un ragazzo sentimentale, eppure Perrie gli accendeva dei desideri nuovi, non fisici o passionali, ma emotivi.

«Era per dire» borbottò Peter. Si appoggiò all'armadietto accanto a quello di Zayn e si sistemò il ciuffo castano che gli era ricaduto sul viso.

Calò uno strano silenzio. Zayn non spostava lo sguardo da Perrie, indaffarata a cercare qualcosa nel suo armadietto.

Peter imprecò a bassa voce. «Per quanto ancora dobbiamo fissarla? Sai, fra un po' c'è lezione, e io non...»

«Ascolta» lo interruppe Zayn stringendo gli occhi. «Se non hai voglia di stare qui, puoi anche andarti a fare un giro, così non mi rompi più i coglioni.»

Peter sorrise. «Okay, ci vediamo in classe.»

Zayn alzò gli occhi al cielo. Non si capacitava del fatto che non riuscisse mai a farlo arrabbiare. Forse perché erano troppo amici, o forse perché Peter teneva a lui abbastanza da passare sopra tutti i suoi comportamenti.

Scrollò le spalle e si portò una mano sulla cravatta della divisa per allentarla. In quel momento Perrie chiuse l'armadietto.

Quel rumore metallico fece scattare i suoi sensi. Zayn non perse tempo e seguì la ragazza lungo il corridoio, mantenendo le distanze. Ogni tanto si scontrava con qualche studente, ma non ci faceva caso. In altre circostanze, avrebbe sicuramente piantato delle grane che sarebbero finite con qualche livido sullo zigomo, ma adesso tutta la sua attenzione era concentrata su Perrie, sulla sua coda bionda che a ogni passo le batteva contro le spalle fasciate dal maglione della divisa che, addosso a lei, Zayn trovava addirittura accettabile.

La seguì oltre il corridoio, corrugando la fronte quando la vide scendere le scale. Al primo piano dell'istituto non c'era nessuna aula. Con passi incerti le camminò a qualche metro di distanza, e iniziò a innervosirsi quando lei entrò negli spogliatoi delle ragazze. Cosa doveva fare lì dentro?

Zayn aspettò qualche secondo, poi si avvicinò alla porta e lentamente la aprì. Le luci erano spente, ma poteva vedere abbastanza bene le panche di metallo accostate ai muri. Si richiuse la porta alle spalle, per poi girarsi di scatto quando i neon pallidi degli spogliatoi si accesero. Dall'altra parte della stanza Perrie aveva le braccia incrociate al petto e un cipiglio sul viso. Lo guardò, poi chiese: «Perché mi stai seguendo?»

10

Focus

«Uccidimi» ripeté.

Riusciva a pensare solo a questo, era l'unica frase che echeggiava nella sua mente.

Non era più neanche in grado di focalizzarsi sul pensiero di Mavis; se lo avesse fatto, probabilmente sarebbe svenuto. Anzi, ne era sicuro: si sarebbe accasciato a terra in un angolo di quel corridoio.

«No che non ti ucciderò, Niall» rispose Marcus, inclinando la testa da un lato e guardandolo intensamente.

«E allora cosa mi farai?» domandò in tono di totale rassegnazione.

Il loro piano per uscire di lì era fallito miseramente perché si era fidato della persona sbagliata: Jason. Lo avrebbe ucciso, se ne avesse avuto la possibilità.

«Io? Niente» rispose il direttore con un sorriso maligno. «Proprio non capisco perché tu voglia scappare ora che quell'avvocato vuole riaprire il tuo caso. Probabilmente riuscirà a farti uscire di qui presto. Non puoi aspettare?»

«Non ho più tempo» rispose Niall a voce bassa, senza pensarci.

«Capisco» commentò Marcus. «Be', la signorina Dirtreck ne resterà davvero delusa. E può anche dire addio alla sua carriera: chi si fiderà ancora del suo giudizio dopo che si è lasciata ingannare da te?»

Dopo avergli rivolto un altro sorriso glaciale, si voltò e lentamente si incamminò nella direzione da cui era venuto, le sue scarpe eleganti che risuonavano lungo il corridoio dell'ala Est.

Niall lo osservò senza capire: perché se ne stava andando?

«Mi... mi lasci andare?» chiese con voce tremante. Gli sembrava impossibile, ma sentì comunque accendersi in lui un barlume di speranza.

Marcus si girò a guardarlo e rispose: «Sì, ti lascio andare, ne ho solo da guadagnarci. So che la tua amichetta avvocato vorrebbe denunciarmi per molestie... Ma se tu scappassi chi le crederebbe? Dopo la tua fuga riceverò le scuse di tutti coloro che hanno creduto fossi troppo 'severo' con voi ragazzi. E chissà, insieme alle scuse forse arriverebbe anche qualche riconoscimento...» Il sorriso beffardo a quel punto si era trasformato in un ghigno di pura cattiveria. Si voltò per andarsene, ma prima concluse: «E comunque verrò a cercarvi, Niall. Lo sai.»

Niall lo guardò andare via, poi si decise a muoversi. Ancora frastornato e confuso dalle parole di Marcus, uscì dalla porta antincendio dell'ala Est e scese le scale.

Al piano terra lo stavano aspettando gli altri ragazzi.

Fecero tutti un sospiro di sollievo appena lo videro arrivare; tranne Zayn, che lo prese per le spalle e lo sbatté contro il muro. «Dove cazzo eri?» urlò, spintonandolo nuovamente. Niall si scostò e lo allontanò con le braccia.

Niall si liberò dalla sua presa e rispose: «Stavo cercando Jason, ma non l'ho trovato. Scusate, non volevo farvi preoccupare.» Cercò di essere il più credibile possibile.

Non avrebbe mai parlato con nessuno dell'incontro con Marcus, non voleva farli preoccupazioni inutilmente. In quel momento la cosa più importante era uscire da lì.

«Ragazzi, basta. Adesso usciamo da questo posto di merda. Ci siamo quasi» si intromise Harry.

Si diressero verso un'altra porta antincendio, dalla cui finestra posta al centro si intravedeva il cortile.

Niall cominciò ad assaporare la sensazione di libertà; se chiudeva gli occhi poteva sentire l'aria fresca sulla pelle...

Cercò di concentrarsi, non poteva distrarsi in quegli ultimi passaggi.

Voleva uscire, e ormai ce l'aveva praticamente fatta.

Pregò di nuovo.

11

Before

Febbraio 2015 – Il giorno prima della fuga

Sarebbe stato tutto diverso, lo sapeva. Tutti quei mesi passati nel riformatorio, tutti quei giorni di temporanea oscurità se li sarebbe scordati.

Più guardava Mavis più se ne convinceva.

L'accarezzava delicatamente, come se temesse di svegliarla. Ma non sarebbe successo. Con tutte le pillole che le avevano fatto ingerire, avrebbe continuato a dormire anche se lui avesse urlato.

Aveva paura mentre la toccava. Controllava se respirasse e se il cuore battesse ancora; steso vicino a lei, appoggiava l'orecchio alla sua bocca e al suo orecchio.

«Andrà tutto bene» le sussurrava, consapevole che lei non potesse sentirlo. «Tra poco vado a chiamare il medico.»

Mavis era caduta in quel sonno innaturale da qualche minuto, e per Niall era insopportabile vederla in quello stato. Sembrava morta.

Al solo pensiero gli venne voglia di vomitare. Si passò una mano tra i suoi capelli lunghi e biondi.

Era diventato una persona migliore, grazie a lei. Con un solo sguardo aveva cancellato gli anni più oscuri, quelli che un tempo gli erano sembrati impossibili da dimenticare. E invece con lei c'era voluto così poco per ricominciare da capo.

«Grazie» le sussurrò ancora. Non glielo avrebbe mai detto abbastanza.

Lentamente si alzò dal letto e sistemò la coperta intorno al corpo minuto della ragazza. La guardò ancora per qualche secondo, poi uscì dalla stanza e chiuse la porta dietro di sé.

Fece un respiro profondo e iniziò a urlare, sperando che qualcuno si accorgesse al più presto del suo grido d'aiuto.

12

Escape

Aprì la porta antincendio e scesero rapidamente le scale esterne della struttura. Controllò se stessero arrivando delle guardie.

Era il primo della fila, e aveva così tanta adrenalina in corpo che avrebbe potuto correre per degli isolati senza mai fermarsi. Ormai poteva vedere l'uscita del riformatorio: era così vicina, soltanto a qualche metro da loro, che non gli sembrava vero.

«Niall, non c'è nessuno, dobbiamo andare, adesso» gli disse Francesca.

Lui annuì e si precipitò verso l'uscita. Quei pochi metri gli sembravano così lunghi, come se tutto stesse andando al rallentatore.

Chiuse gli occhi, sentendosi mancare; non voleva vedere, si rifiutò di farlo. Sentì una presa forte intorno al suo avambraccio. Qualcuno lo stava trascinando avanti.

«Non adesso ti prego, non svenire adesso.» Era Zayn. Lo spinse attraverso il cancello già aperto da Louis.

C'era una macchina ad aspettarli. Ancora a occhi chiusi, Niall sentì Zayn spingerlo nell'auto. Quando percepì un sedile morbido sotto di sé si rilassò. Aprì gli occhi e si mise a piangere.

Urla di gioia iniziarono a riempire il piccolo veicolo. Qualcuno si mise a piangere come Niall.

«Non ci credo, cazzo! Cazzo!» urlò Harry agitandosi sul sedile.

«Porca puttana, ragazzi, ce l'abbiamo fatta!» aggiunse Liam.

Niall si mise a ridere tra le lacrime.

«Che ore sono?» chiese Zayn. Il suo tono era indescrivibile. Era seduto al posto del passeggero mentre gli altri ragazzi erano tutti ammassati nei sedili posteriori.

Niall era appiccicato a Harry, Liam teneva Francesca in braccio, mentre Louis era praticamente sdraiato ai loro piedi.

«Mancano venti minuti all'appuntamento con Mavis. Ce la facciamo benissimo a portare Louis e Harry alla fermata dei pullman» disse Niall con voce tremante.

«Perfetto. Perrie, ferma la macchina un secondo» ordinò Zayn euforico.

Solo in quel momento Niall rivolse la sua attenzione alla ragazza che era alla guida. Aveva gli occhi azzurri simili a quelli di Mavis, i capelli chiarissimi legati in una coda di cavallo.

Era Perrie. Quante volte aveva sentito Zayn parlare di lei?

La ragazza fermò la macchina; erano già lontani dal riformatorio.

Confusa, si girò verso Zayn. «Stai male? Vuoi scendere a prendere aria?» Fece appena in tempo a formulare la domanda che Zayn le prese il viso con entrambe le mani e la baciò. Un bacio semplice e lungo.

Quando si scostò iniziò a ridere istericamente. Niall non l'aveva mai sentito ridere così.

«Mi sei mancata così tanto» urlò Zayn, e rise ancora.

Perrie gli diede un altro bacio e riprese a guidare.

Erano tutti occupati a guardare fuori dal finestrino, cercando di notare se qualcosa fosse davvero cambiato. Sembrava tutto nuovo, più colorato.

Dopo poco arrivarono alla fermata degli autobus. Salutarono con un abbraccio Louis e Harry e si promisero di sentirsi presto.

Ripartirono. L'euforia di Niall ora stava svanendo, lasciando il posto alle preoccupazioni. Mavis era riuscita a scappare? Li stava già aspettando?

«Dite che ce l'ha fatta?» chiese ad alta voce.

Francesca, seduta di fianco a lui, gli appoggiò una mano sulla coscia, cercando di rassicurarlo.

«Conosciamo Mavis, e sappiamo di certo che ha fatto il possibile per uscire. Sono sicura che ci sta già aspettando, Niall» rispose sorridendo.

Lui annuì.

Si guardava intorno curioso; osservava i palazzi, le strade, gli alberi, i negozi di quella città che non aveva mai avuto occasione di visitare. Non staccava gli occhi dal mondo all'esterno della Ford, ma con la mente era da un'altra parte.

Erano riusciti a scappare, vero, ma la fuga non era ancora completamente terminata. Mancava la parte più importante: Mavis.

Fa' che sia uscita sana e salva, ti prego, pensò.

Controllò di nuovo l'ora sul display della macchina.

«Perrie, puoi andare più veloce?» chiese, nonostante la ragazza stesse già premendo abbastanza il piede sull'acceleratore.

Aveva paura: cosa avrebbe fatto se lei non ci fosse stata? Cercò di darsi una risposta, ma dopo poco si impose di smettere. Non aveva bisogno di pensieri negativi.

«Siamo arrivati» annunciò Perrie qualche istante dopo.

Mentre entravano nel parcheggio dell'ospedale, Niall si mise a scrutare ogni angolo, in cerca di Mavis.

Era passato solo un giorno, ma sembravano trascorsi anni. Voleva riaverla con sé, aveva aspettato abbastanza.

Perrie fece un'inversione, e Niall quasi sbatté contro il sedile davanti a lui quando si fermarono di colpo.

Senza neanche pensarci, scese dalla macchina ancora in movimento.

La vide. Era girata di spalle, i capelli chiari le ondeggiavano sulle spalle.

Niall si mise a correre, sentendosi quasi svenire per il sollievo. Stavano tutti bene, erano salvi, erano riusciti a scappare.

Mavis si voltò non appena si rese conto della sua presenza.

Niall, guardandola, capì che non avrebbe mai scordato quel momento: il suo viso, gli occhi sorpresi e spalancati, la pelle ancora sudata dalla corsa che probabilmente aveva fatto per essere lì con lui.

Quando fu abbastanza vicino, senza dire niente la strinse tra le braccia.

VALENTINA F.

BUIO

Le fronde degli alberi ondeggiano mosse dalla calda aria estiva; i raggi del sole, ormai bassi, s'infilano prepotenti tra le nuvole, ferendomi gli occhi. Inclino leggermente la testa per riuscire a vedere meglio, accecata dalla luce diretta. Lascio che il vento mi sferzi il viso mentre percorro le strade della città, passando tra le macchine che mi sfrecciano accanto. Costretta da un semaforo rosso mi fermo, il caldo opprimente dell'asfalto sale dal basso, m'infuoca i piedi, e si attorciglia sulle gambe nude.

Aspetto impaziente che torni il verde, accelero e il motorino schizza di nuovo in avanti. Sorrido, sentendomi la regina del mondo; purtroppo l'euforia dura poco, devo rallentare e sterzare per evitare una delle tante buche disseminate per la città. Urlo riprendendo la mia folle corsa e come un siluro mi lascio fagocitare dalla bocca del serpente, il tunnel che mi aspetta pregustandosi la deliziosa cenetta.

Rido e canto a squarciagola ignorando le occhiate degli altri guidatori.

Oggi sono su di giri, anche se non c'è nessun motivo in particolare. Stamattina mi sono alzata tardi e dopo la doccia sono uscita a fare visita a mia nonna. L'ho trovata seduta sul balcone ad aspettarmi. Aveva preparato il suo famoso ciambellone alle mele; il profumo l'ho riconosciuto prima ancora di aprire la porta di casa. Sono rimasta con lei per tutto il resto della mattinata. È una persona simpatica, svampita ma molto divertente. Le piace raccontare di quando ero piccola, specialmente il periodo che ho vissuto con lei, e io sono sempre felice di sentire qualcosa del mio passato.

Esco dal tunnel costeggiando Villa Borghese. Guardo di sfuggita l'orologio ed esulto: nel percorrere il sottopassaggio ho battuto il mio record, impiegando un minuto in meno rispetto a ieri. Arrivo a piazzale Flaminio che mi sembra di essere sulla pista di Montecarlo, ma il semaforo diventa rosso e mi costringe a frenare bruscamente. Arriccio il naso mentre il caldo torna a essere rovente come una fornace. Sono quasi le otto di sera, mancano sette minuti all'inizio del mio turno. Calcolo il tempo che rimane. Irrequieta, guardo l'omino verde che lampeggia sul semaforo, e quando sto per accelerare ecco che un gruppo di turisti, capeggiati da una ragazza con tanto di bandiera in mano, invade la strada. Impreco e guardo torva il gregge che segue il pastore, incurante del mio ritardo. Finalmente, quando anche l'ultima pecorella è arrivata in salvo, riprendo la mia folle corsa per cercare di recuperare secondi preziosi. Per una volta mi piacerebbe prendere gli altri di sorpresa, mi dico rimanendo concentrata.

Attraverso un ponte, costeggio il lungotevere, giro intorno a Castel Sant'Angelo, continuo verso l'Isola Tiberina, ma dopo un paio di semafori supero nuovamente il Tevere per infilarmi in una delle stradine vicino a via Giulia.

Trovo un posto microscopico, mi ci infilo, scendo, lego il motorino, e con uno scatto faccio l'ultimo tratto di strada che mi separa dal traguardo.

Apro la porta del locale, alzo gli occhi e vedo le lancette dell'orologio, sopra il bancone: le otto e cinque. Dannazione! Se non fossero passati quei turisti ce l'avrei fatta!

«Caterina, sbrigati che me ne devo andare!» urla Teresa dalla cucina.

Raggiungo il ripostiglio adibito a spogliatoio, lascio cadere la borsa a terra, poso la giacca a vento e corro in bagno. Davanti allo specchio cerco di domare i ricci che spuntano disordinati dalla coda di cavallo, e dopo essermi lavata le mani, torno fuori pronta ad affrontare la serata.

«Teresa, ci sono, quando vuoi.»

Lei è già con un piede fuori dal bar.

«Devono ancora portare due casse di birra, il fornitore ha avuto un guasto al furgone. Ha promesso di essere qui entro venti minuti. Quando arriva Matteo, digli che i soldi dell'incasso li ho messi al solito posto.»

«Di là chi c'è, Antonio?»

«Sì, e tra poco arriva anche Federica per aiutarti. Ah, Caterina?»

Alzo gli occhi e la guardo.

«È passato il signor Mario.»

Sorrido e la saluto.

Due ore più tardi il locale è talmente pieno che non riesco neanche ad allontanarmi per andare in bagno. Stasera c'è un gruppo che suona musica jazz fusion e le ordinazioni si sovrappongono senza lasciarmi il tempo di scambiare due chiacchiere con i clienti. Apro l'ultima bottiglia di birra e mi ricordo della consegna. In preda al panico cerco il numero segnato vicino al telefono e urlo nel tentativo di sovrastare la musica e il caos che regnano nel locale. Sto per insultare il tizio al telefono quando un ragazzo tutto trafelato entra con le casse mancanti. Irritata, gli indico la cantina e chiamo Antonio perché lo aiuti. Fortunatamente la situazione è sotto controllo, al momento preferiscono i superalcolici alla birra.

Nonostante abbia solo diciannove anni, nel mio lavoro sono brava, sono in grado di gestire in totale autonomia il bancone di un bar. Sono veloce, precisa, professionale. Matteo, il proprietario, all'inizio non voleva lasciarmi da sola, pensava non fossi capace di portare avanti il lavoro senza qualcuno ad aiutarmi; poi, dopo un paio di mesi, ho conquistato un bel po' di fiducia e mi ha passato ai turni serali, che sono anche i più stressanti.

«Caterina, oggi sei più bella del solito» dice un signore avvicinandosi al bancone.

Si sporge e sbircia le mie lunghe gambe magre che fuoriescono dagli shorts aderenti.

«Ieri non avevi quel tatuaggio, quando l'hai fatto?»

«Stanotte, dopo aver chiuso il locale, a casa del mio ragazzo. Ho sempre pensato che lei è un grande osservatore, signor Mario. »

Lui ridacchia, ben sapendo che lo prendo in giro, e afferra il bicchiere che gli ho appena riempito.

«Peccato che sei fidanzata, Caterina, altrimenti ti avrei chiesto di sposarmi.»

«Non scherzi, signor Mario, che potrei anche accettare.»

Alza il bicchiere nella mia direzione.

«Non ho neanche figli maschi da farti conoscere, almeno potrei averti come nuora.»

«Magari nella prossima vita» ridacchio alzando il pollice.

Sorride di nuovo e si allontana.

Mi piace lavorare al bar, mi fa sentire viva e importante. La gente mi saluta, torna di proposito quando è il mio turno, a volte mi porta anche dei piccoli regali. Mi sento come fossi a casa... anzi, decisamente meglio.

Si possono fare molti incontri diversi: ci sono persone sole che passano il loro tempo a bere e guardarsi intorno, quelle di passaggio, quelle che lavorano in zona oppure che vengono la sera solo per ascoltare la musica o per divertirsi con gli amici o la fidanzata. La cosa che mi fa apprezzare ancora di più questo lavoro, però, è condividere con loro la mia grande passione: preparare i cocktail. L'ho scoperta per caso, e quando ho capito che sperimentando e mischiando i sapori e i vari liquori uscivano fuori dei drink che i clienti apprezzavano, ho capito che era il mio lavoro.

Il proprietario quando mi ha visto all'opera la prima volta è rimasto scioccato. Era un turno serale, e io aiutavo ancora a servire ai tavoli. Avevamo appena chiuso ed ero seduta al bancone a parlare e ridere con Teresa e Antonio.

«Ehi, Caterina, mi è venuta voglia di uno dei tuoi fantastici drink» dice Antonio.

«Che idea fantastica! Vai, ragazza, facci sognare» aggiunge Teresa.

«Dato che sono nello spirito giusto, ve ne preparo uno speciale con tanto di spettacolo.»

Loro due ridono mentre mi giro a prendere gli ingredienti.

«Teresa, alza la musica, così lavoro meglio.»

La mia amica non se lo fa dire due volte e le note di Anastacia si diffondono nel locale.

Storco il naso e lei alza le braccia.

«Questo c'è! Scusa, non è mio il cd.»

Inizio a versare i liquori mentre ondeggio a tempo di musica. Aggiungo il ghiaccio, una goccia di tabasco, una di lime, e poi salto sul bancone e comincio a ballare shakerando in modo che si mischi tutto per bene.

I miei amici urlano e battono le mani.

«Caterina, sei la meglio! Non ti fermare!»

La musica mi entra nelle vene e muovo il corpo senza inibizioni. Urlo, rido e shakero agitando il sedere, i fianchi, le spalle, trascinata dal ritmo frenetico.

Sono felice, sto facendo una cosa che mi esalta e mi fa sentire una persona diversa.

Appena le note cominciano a calare faccio una veloce piroetta e con un agile salto scendo dal bancone e verso i drink nei bicchieri aggiungendo una scorza arrotolata e una fogliolina di menta.

«Ecco a voi Orione, ragazzi.»

Dal fondo del locale si sente un lento ma sentito applauso.

Alziamo gli occhi e Matteo avanza compiaciuto.

Il sangue mi defluisce dal viso e vorrei scomparire dalla faccia della terra.

Ammutolita, cerco qualcosa da dire, ma l'imbarazzo è talmente tanto da lasciarmi senza parole.

«Caterina, sono sorpreso. Non avrei mai immaginato che fossi una showgirl!»

Arrossisco fino alla radice dei capelli.

«Se lo fai ogni volta che un cliente ordina qualcosa, si creerà la fila fuori dal locale per vederti all'opera.»

Sorrido cercando di capire se mi sta prendendo in giro.
«Noi due dobbiamo parlare» aggiunge poi con un tono più serio mentre si accomoda al bancone.
Mi sento morire. I miei amici si dileguando all'istante, e io vorrei seguirli volentieri.
«Da domani diventi la nostra barman ufficiale. Se te la senti, ovviamente.»
Lo guardo senza fiatare.
«Sta scherzando?»
«Perché dovrei? Dopo stasera so per certo che il locale non mi darà più nessun tipo di problema.»
Una fievole luce si sta accendendo.
«Vuol dire che non dovrò più servire ai tavoli ma preparare aperitivi e drink?»
«Esatto. Ti piace l'idea?»
Vorrei saltare al di là del bancone e baciarlo sulle guance paffute.
«È la proposta più bella che qualcuno mi abbia mai fatto.»
Matteo ride, divertito.
«Spero per te che ne avrai di più interessanti. Allora accetti?»
Sorrido.
«Accetto, ma a una condizione.»
Lui mi guarda, sorpreso.
«Niente show. Quello è solo per gli amici intimi.» Sembra pensarci su.
Trattengo il respiro in trepidante attesa.
«Se non si può proprio fare altrimenti...»
Lo guardo dritto negli occhi.
«No.»
Mi prende la mano e la stringe con forza.
«Affare fatto, e per questo ti do anche un piccolo aumento. A domani, Caterina.»
«A domani, e grazie ancora.»
Esco con le lacrime agli occhi.

A mezzanotte il locale si è svuotato; Federica e Antonio

se ne vanno, e mentre aspetto l'arrivo del signor Matteo accendo la lavastoviglie e chiamo mia madre.

«Quando torni a casa? Non mi piace che rimani da sola in quel locale e a quest'ora di notte. Non capisco perché non ti cerchi un lavoro più adatto alla tua età.»

«Dormo da Ottavia, stasera, non ricordi?» dico ignorando i suoi commenti.

«Hai ragione, mi era passato di mente. Ceni da lei?»

«Ho già mangiato qualcosa qui. Com'è andata la tua giornata?»

La sento sospirare, sa che non mi piace parlare di me.

«Lunga e faticosa, come al solito; a volte penso che avrei dovuto fare di più per non rimanere senza uno straccio di marito.»

Utopia.

«Mamma, ci hai provato, ma le cose non sono andate bene.»

«La verità è che sono un'ingenua e una romantica.»

Userei dei termini diversi ma mi astengo, è una battaglia persa; purtroppo non riesce a stare senza un uomo. La nonna dice che era così anche quando era piccola, per questo ha combinato tanti disastri. Ho passato anni a odiarla per quello che mi aveva fatto, ma ormai quel sentimento ha lasciato il posto a una rassegnazione mista a commiserazione che, a volte, quasi mi spaventa. Possibile che non riesca a provare altro?

«Adesso devo lasciarti, ti chiamo domani mattina. Dai un bacio a Camilla da parte mia. Buonanotte, mamma.»

A mezzanotte e mezza del signor Matteo non c'è neanche l'ombra. Mando un messaggio a Ottavia, dicendole di non aspettarmi sveglia, e passo un panno sul bancone per asciugarlo.

All'una riesco finalmente a parlare con il mio capo.

«Caterina, ho avuto un incidente con la macchina, non posso venire, devi arrangiarti da sola. Mi dispiace molto. Promettimi di non prendere il motorino a quest'ora. Chiama un taxi, lo pago io.»

«Non si preoccupi, signor Matteo, non serve; vado da un'amica che abita qui vicino. Per chiudere cosa devo fare?»

«Ascoltami attentamente: per prima cosa chiudi la cantina tirando la porta verso di te, poi spegni il quadro generale, quello accanto all'ingresso. Infine, quando sei sicura di non aver dimenticato niente, attiva l'allarme infilando la chiave piccola nell'interruttore vicino allo specchio. Da quando lo inserisci hai tre minuti per lasciare il bar, altrimenti si bloccano le porte e scattano le serrature.»

«Se mi sbaglio cosa succede?»

«Non ci pensare, vedrai che andrà tutto bene, è facile.»

Mi sento nervosa, continuo a ripetermi che non posso sbagliare ma sono agitata. Mi metto la giacca a vento, la borsa a tracolla, prendo le chiavi e chiudo la cassa. Sono solo pochi e rapidi passaggi. Ripeto mentalmente la sequenza da eseguire. Quando mi viene assegnato un compito mi capita sempre di innervosirmi, mi succedeva anche a scuola. Quando mi sento pronta, vado davanti al quadro generale e abbasso la leva, infilo la chiavetta e il timer inizia il conto alla rovescia. Sto per uscire quando mi ricordo della cantina. Il panico mi assale facendomi gelare il sangue.

Come posso essere stata tanto sbadata? Eppure le fasi erano solo tre, mi dico sull'orlo delle lacrime. Torno dentro e guardo i numeri sul timer che si stanno riducendo. Ho due minuti: ce la posso fare. Scatto in avanti con le tempie che pulsano, e inizio a correre come fossi inseguita da un orso. Arrivo in fondo al corridoio, tiro con forza la porta pesante della cantina e ripercorro in volata il percorso. Afferro la maniglia della prima porta, ma questa mi rimane in mano facendomi cadere all'indietro. Colta alla sprovvista, perdo minuti preziosi, e quando finalmente torno in piedi vedo la serranda che comincia a scendere.

«No, no, no!» urlo terrorizzata. Cerco di insinuarmi attraverso lo spiraglio di luce che inesorabilmente si sta assottigliando. Provo a mettere una gamba, ma capisco che ormai è fatta, e la ritraggo giusto un attimo prima che la saracinesca tocchi terra e si fermi.

Fisso stordita il muro di metallo che mi divide dalla strada e gli sferro contro un calcio, facendomi solo male al piede. Sono furiosa con me stessa per aver sbagliato due volte: la prima quando ho dimenticato di chiudere la cantina, e la seconda quando sono andata a chiuderla dopo aver innescato l'allarme. Se non fossi stata così stupida, adesso sarei all'aria aperta a respirare la brezza della notte.

Dovevo immaginarlo che avrei combinato qualche casino, mi dico mentre compongo il numero del signor Matteo. Scatta la segreteria e gli lascio un messaggio, scusandomi per il guaio.

Noto un graffio profondo lungo la gamba, devo essermelo procurato mentre cercavo di infilarmi sotto la serranda. Torno in sala e faccio per accendere la luce, ma non funziona.

«Fantastico, è saltata anche la corrente.»

Mi ricordo dell'interruttore generale, ma quando provo a riattivarlo non succede nulla ugualmente.

Prendo le candele che stanno sul bancone e le posiziono su un tavolo.

Odio rimanere al buio. Da piccola nonna mi lasciava sempre accesa una lucina alla base del letto, così da non aver paura a rimanere sola.

Mi sfilo di dosso la giacca e la borsa, e le lascio cadere sulla sedia. Controllo il cellulare, ma adesso non c'è neanche più campo: l'allarme deve aver isolato il locale.

Mi siedo e guardo intorno cercando di non farmi prendere dall'ansia. Alla fine qualcuno verrà a salvarmi. Penso alle possibili soluzioni e mi avvilisco, non conosco tanta gente che potrebbe preoccuparsi per la mia assenza: solo mia madre, nonna e Ottavia. Peccato che nessuna delle tre sappia che sono chiusa qui dentro.

«Ecco che succede a essere asociale» borbotto a voce alta.

La stanchezza per le troppe ore passate in piedi si fa sentire, così mi tolgo le scarpe. Mi siedo e chiudo gli occhi cercando di non pensare alla situazione in cui mi trovo. Un leggero spostamento d'aria mi risveglia dal torpore. Con il cuore in gola cerco di capire se è stata solo la mia immaginazione. Sto per rilassarmi di nuovo quando un'ombra avanza dal corridoio. Terrorizzata, mi alzo di scatto brandendo la sedia.

«Non ti muovere o te la lancio contro!» urlo, isterica.

La sagoma si ferma.

«Da dove sei entrato?»

Quello fa un passo per avvicinarsi.

«Ti ho chiesto come hai fatto a entrare!» urlo di nuovo.

Lo sconosciuto avanza e si ferma al centro della sala, mostrando il suo volto.

«Dalla porta, come sennò? Come mai è buio, è andata via la corrente?»

Lo guardo attraverso la luce fioca delle candele.

«Dalla porta è impossibile, è blindata.»

Il tizio, un ragazzo più o meno della mia età, mi guarda come se stessi delirando.

«Di cosa parli? Ricordo perfettamente di essere entrato da quella porta che adesso è chiusa, ho comprato una birra e poi sono andato al bagno.»

Alzo gli occhi al cielo. Ci mancava solo di rimanere chiusa dentro con l'ubriaco di turno.

Calcolo che probabilità ho di essere sopraffatta da lui: da uno a dieci direi nessuna.

«Sei Caterina, la ragazza che sta al bancone, giusto?»

Non rispondo e rimango immobile, la sedia stretta a me.

Lui fa un movimento delle braccia indicando la stanza all'inizio del corridoio, e si passa una mano sui capelli biondi.

Vedendo che non reagisco va verso l'uscita e poi torna indietro.

«Non capisco, cosa ci fai chiusa qui, e per giunta al buio?»

Sospiro. Sembra realmente confuso.

«È scattato l'allarme che ha bloccato tutte le vie d'uscita, e probabilmente per lo stesso motivo non c'è la corrente. Come hai fatto a non accorgertene quando eri in bagno?»

«C'era una luce di sicurezza. Pensavo fosse solo un guasto.»

Il tipo si sfila il cellulare dalla tasca dei jeans e impreca.

«Mi vuoi dire che siamo prigionieri dentro un bar? Tra quanto vengono i pompieri?» chiede.

Lo guardo irritata.

«Sto aspettando che arrivi il proprietario.»

«E quanto ci vuole?»

Infastidita dalle sue domande, vado verso il frigo e tiro fuori una bottiglia d'acqua.

«Non sono riuscita a parlarci, gli ho lasciato un messaggio in segreteria un momento prima che il telefono si isolasse.»

«Grandioso! Cosa facciamo se non lo ascolta, rimaniamo chiusi qui dentro per tutta la notte?»

«Hai un'idea migliore?»

«Proviamo a vedere se c'è un'altra uscita. Dove porta il corridoio?»

«Alla cantina.»

«Andiamo.»

Prendo una candela, il cellulare, e mi avvio dietro di lui.

«Scusa se te lo chiedo, ma in bagno cosa stavi facendo, dormivi?»

«No. Una telefonata infinita. Ho lasciato la mia ragazza.»

«Per telefono?» chiedo, disgustata.

«È una storia lunga.»

«Anche la telefonata dev'esserlo stata. Sei rimasto là dentro almeno un'ora.»

Lui non risponde. Arrivati davanti alla porta della cantina prova ad aprirla, ma è bloccata.

«C'è qualche altra uscita o finestra, che tu sappia?»

Ci penso su.

«Solo quella piccola del bagno.»

Lo guardo senza aggiungere altro e lo vedo innervosirsi.

«Cavolo, ho un appuntamento tra mezz'ora.»

«Mi dispiace averti rovinato i piani» rispondo, sarcastica.

Lui mi lancia un'occhiataccia.

«Mi è venuta anche fame, c'è almeno qualcosa da mangiare?»

«Senti, *sconosciuto*, io ho finito da un bel pezzo il mio turno.»

Lui mi guarda sorpreso.

«Quando lavori non sei tanto sgarbata, anzi. Chi lo avrebbe mai detto che la tanto venerata Caterina, la barista dolce e indifesa, è in realtà un'acida bisbetica?»

Peccato che non mi piacciano le unghie lunghe, altrimenti a quest'ora lo avrei già infilzato!

«Comunque io sono Leonardo. Verresti con me, Caterina? Per favore? Mi serve solo che mi indichi dove posso trovare qualcosa da mettere sotto i denti; prometto di rimanere a debita distanza.»

Stancamente lo precedo.

«I fuochi non funzionano, puoi prepararti solo un piatto freddo.»

«Andrà benissimo, hai fame anche tu?»

«No, grazie» rispondo.

Mentre Leonardo tira fuori quello che gli serve dal frigo, vado alla ricerca di nuove candele.

«Cosa fai nella vita, Caterina?»

«Lavoro qui. Tu?»

«Medicina, mio padre è un famoso chirurgo; ho già lo studio che mi aspetta» risponde con un sorrisetto fastidioso. Attraverso la luce soffusa noto che ha gli occhi nocciola.

«A che anno sei?»

«Appena iscritto, ho diciannove anni. Tu?»

«Idem.»

«Sei sempre così loquace?»

Non rispondo.

«Mmh, miss simpatia... ok, ho recepito il messaggio. Sicura che non vuoi assaggiare il mio panino con salame, maionese, pollo e pomodoro?»

L'aspetto sembra invitante ma sono stremata.

«Dove vivi?» insiste Leonardo, addentando il panino.

«Lontano da qui.»

«Io vicino.»

Annuisco, annoiata. Non capisco perché voglia per forza fare conversazione. Mi alzo e mi ricordo del graffio alla gamba.

«Torno di là» dico, laconica.
In bagno prendo una garza e mi disinfetto.
«Ti aiuto?» chiede appoggiato alla porta.
«Non è niente, giusto un taglio superficiale.»
Leonardo si avvicina.
«Dài, faccio io, non hai pulito bene» dice indicando la parte più profonda della ferita. «Lo sai che quando ero piccolo volevo diventare un illustratore?» aggiunge poi.
«Come mai?» chiedo, giusto per non essere scortese.
«Ho una grande memoria fotografica; sono capace di disegnare qualsiasi cosa dopo averla vista anche per pochi istanti.»
Sento il bruciore diffondersi per tutta la gamba e stringo i denti.
«Ho quasi finito, passami il cerotto. Cos'è questa cicatrice che hai sulla coscia?»
«Sono caduta con la bicicletta quando ero piccola.»
Leonardo mi guarda meravigliato.
«Anch'io ho una cicatrice sulla gamba, ma non ricordo come me la sono fatta.»
Lo guardo e decido di cambiare discorso.
«Perché non hai seguito la tua passione?» chiedo mentre mi rimetto in piedi.
«Quanto potrei guadagnare facendo disegni?»
Non tanto quanto facendo il chirurgo, penso, ma non dico nulla.
«Lo sai che invece io sono brava con i numeri?»
«In che senso?»
«Posso fare somme o sottrazioni di cifre molto grandi in poco tempo.»
Leonardo mi guarda sorpreso.
«Un talento raro. E ti è utile?»
Scoppio a ridere.
«Ogni cosa deve avere per forza un'utilità?»
Alza le spalle quasi a volersi scusare.
«Mio padre mi ha insegnato che bisogna sapere incanalare le proprie energie e qualità per un fine più alto. Per

questo ho abbandonato la passione del disegno, anche se a volte, quando sono da solo, mi capita di iniziare a disegnare qualcosa e sapere solo alla fine cos'è. Mi sembra di entrare in uno stato di trance... Buffo, no?»

«È la natura che vuole uscire. La mia dote, invece, è stata utile solo al liceo, dove avevo il massimo dei voti in matematica. A volte, però, sbagliavo di proposito per non farmi prendere in giro dai miei compagni.»

Leonardo sorride comprensivo.

«So cosa si prova a essere oggetto di scherno.»

Alzo un sopracciglio.

«Ero molto grasso» confessa.

Mi allontano per tornare al bar.

«Cosa c'è scritto sul tatuaggio che hai sul collo?»

«Non hai niente di meglio da fare che seguirmi come un cane?»

Leonardo per la prima volta si offende e va a sedersi lontano.

Guardo l'orologio; sono le due e mezza. Sento che mi sto innervosendo, non so come passare il tempo. Non posso sentire la musica, andare su internet o anche solo leggere un libro.

Guardo Leonardo e mi sento in colpa per essere stata sgarbata con lui, ma non sopporto le persone curiose che vogliono a ogni costo esserti amiche o cercare empatia. Insofferente, mi agito sulla sedia; la verità è che sono un'anima solitaria. Da piccola, mia madre mi lasciava ore e ore a casa da sola; doveva lavorare e non aveva soldi per pagare una babysitter, così mi chiudevo in camera, sparpagliavo dei fogli girati su cui avevo scritto una sequenza di numeri e li sommavo, incrociando le sequenze. Il tempo passava senza che me ne accorgessi, e quando la vicina si affacciava per vedere come stavo la guardavo distratta per tornare al mio passatempo.

Il silenzio di Leonardo dura poco.

«Verrà qualcuno a salvarci? Comincio a preoccuparmi.»

Inizio ad avere le sue stesse perplessità.

«Forse dovremmo provare a disattivare l'allarme.»
«E come?» chiedo.
«Nello stesso modo in cui l'hai inserito.»
Potrebbe avere ragione. Mi alzo di scatto dalla sedia e vado verso la porta d'ingresso con il mazzo delle chiavi in mano. Leonardo mi segue.
Prendo quella piccola e la giro nella serratura; resto in trepidante attesa sperando che avvenga il miracolo. Si sente uno scatto, un altro e poi più nulla. Ci guardiamo in silenzio, infine torniamo a sederci, delusi.
«Nessuno potrebbe preoccuparsi per la tua assenza?» chiedo.
Lui alza le spalle.
«Faccio spesso tardi o dormo fuori. I tuoi?»
«Dovevo dormire da un'amica.»
«Che lavoro fanno?»
Rimango in silenzio.
«Non me lo vuoi dire?»
«Non mi piacciono le chiacchiere inutili.»
Leonardo si alza dalla panca e mi guarda sorpreso.
«Sto solo cercando di essere gentile. Siamo rinchiusi in questo bunker, che probabilmente appartiene a qualche mafioso o a qualcuno che con la copertura del bar nasconde chissà quale traffico illecito. Ci siamo solo noi due, non funzionano i telefoni, la luce, e nessuno sembra sentire la nostra mancanza. Ti sembra una cosa così strana provare a far passare le ore senza fissare il soffitto?»
Rimango a guardare la sua espressione arrabbiata e mi trattengo dal ridere. Come dargli torto? Siamo in una situazione così surreale che non capisco ancora come non ci siamo fatti prendere dal panico. Mi aggiusto una delle tante ciocche ribelli e per la prima volta gli sorrido conciliante.
«Hai ragione. Raccontami qualcosa d'interessante che non siano le solite banalità.»
Leonardo mi guarda costernato.
«Quanto sei dura, ragazza. Cosa ti è successo per diventare tanto acida?»

Alzo le spalle senza rispondere.
«Sai che ti dico, Caterina? Vai al diavolo.»
Sparisce in corridoio portandosi una candela.
Seduta sulla sedia, allungo le gambe e chiudo gli occhi.
Non sono brava con i ragazzi, mi mettono soggezione. Per quello faccio finta di avere il fidanzato, per tenerli lontani. Dietro al bancone è tutto più facile, mi sento protetta e quindi anche in vena di scambiarci qualche battuta; ma per un qualsiasi tipo di relazione mi sento totalmente inadeguata. Per questo mi barrico dietro quest'atteggiamento sgarbato che di solito fa scappare anche i più pazienti. Mia madre mi prende in giro, dice che sotto il mio aspetto dolce e delicato si nasconde un maschiaccio.
Una voce dalla strada mi risveglia; scatto in piedi e corro verso l'ingresso chiedendo aiuto, ma nessuno si avvicina. Qualcuno deve aver parcheggiato poco distante, penso affinando l'udito. Chiamo ancora e batto con il pugno sul metallo; il rumore esce smorzato, come se la serranda fosse imbottita, ma insisto finché non ho più forze.
Forse ha ragione Leonardo... Cosa nasconde il signor Matteo? Una persona normale non installerebbe un antifurto tanto sofisticato in un bar. Un certo nervosismo si fa strada dentro di me. Perché la cantina ha una porta che una volta chiusa non si apre dall'interno? Con il naso schiacciato sulla serranda, cerco di guardare attraverso le fessure, ma adesso il silenzio è totale. Appoggio la fronte al metallo e penso che adesso sarei potuta essere distesa sul letto di Ottavia a raccontarci qualche aneddoto divertente. Sospiro, mi allontano dalla porta e guardo il quadrante dell'antifurto. Il timer è sullo zero, come si farà a disinserirlo? Provo a rimettere la chiave e girare ripetutamente, ma non cambia niente.
Furiosa col mio capo, attraverso il corridoio, oltrepasso Leonardo che sta disteso con le mani dietro la testa, e arrivo di nuovo davanti alla porta della cantina.
«La vuoi buttare giù?» chiede lui senza muoversi.
Lo ignoro e cerco di vedere se tra le chiavi che ho nel mazzo c'è quella giusta.

Sto per perdere le speranze quand'ecco che l'ultima entra nella toppa e fa mezzo giro.

«Leonardo!» urlo, eccitata.

Lui con uno scatto è accanto a me. Sento il suo alito solleticarmi il collo e m'irrigidisco; lui non ci fa caso, è fermo nell'attesa che la porta si apra. Rimango immobile anch'io, e per un attimo chiudo gli occhi; mi sembra di riconoscere il suo odore, come se già l'avessi sentito da qualche parte. Inspiro a fondo e lascio che la sensazione mi penetri nelle pieghe della pelle, nei meandri del cervello, che vaghi libera nella memoria. Qui si arena, non trova ricordi, e si disperde, svanendo nella confusione della mia mente.

«Caterina?» sussurra.

Trattengo il fiato; nessun suono mi è mai sembrato più dolce.

Mi giro e scruto quegli occhi così simili ai miei.

«Caterina?» chiede ancora Leonardo.

Gli sorrido, inebetita.

«Cosa ti succede, perché non apri la porta, hai forse paura?»

Lentamente torno alla realtà e mi giro di scatto, nascondendo il viso alla sua vista.

Senza rispondere, faccio compiere un ultimo scatto alla serratura e la porta si apre, come per magia.

«Sì, sì, sì!» urla Leonardo abbracciandomi e alzandomi da terra.

Sento la testa girarmi, e appoggio le mani sulle sue spalle. Piccoli brividi mi percorrono la schiena, e imbarazzata gli faccio un timido sorriso.

Lui mi rimette giù ed entra. Avanza a tentoni cercando di illuminare lo spazio con la fioca luce della candela.

«Attento, ci sono dei gradini» dico, seguendolo.

Ci guardiamo intorno: ci sono delle casse di birra, delle bottiglie di vino e degli altri scatoloni accatastati in un angolo. Niente porte né finestre. Leonardo osserva il pavimento.

«Cosa stai guardando?»

«Cerco un passaggio segreto.»

Trattengo una risata.
«Hai visto troppi film di spionaggio! Ci manca solo la parete finta che si apre su un corridoio nascosto.»
«Roma è una città ricca di sotterranei, acquedotti, cave e luoghi di culto, non ne sarei per niente sorpreso.»
«Wow, ma allora non vuoi diventare solo uno di quei chirurghi che gonfia le tette, riempie i glutei, alza gli zigomi e ispessisce le labbra.»
Leonardo scoppia a ridere.
«Non capisco cosa ci sia di male a farsi qualche ritocco, la vecchiaia non dev'essere piacevole.»
Storco il naso, disgustata.
«Siamo un pochino di parte, forse?» lo prendo in giro.
«Giudichi troppo in fretta, cara Caterina. Ad ogni modo, io voglio specializzarmi in microchirurgia ricostruttiva.»
«Per...?»
«Traumi dovuti a incidenti.»
«Un punto per te.»
Leonardo si poggia le mani sulla bocca spalancando gli occhi in modo teatrale.
«Non ci posso credere, inaspettatamente si è creata una crepa nel cuore della dura e impenetrabile Caterina.»
Ridacchio, nascondendomi alla sua vista.

Un'ora dopo, siamo seduti a terra, uno di fronte all'altra, al centro delle altre candele. Dopo aver ispezionato da cima a fondo la cantina, ci siamo rassegnati, abbiamo chiuso di nuovo la porta e siamo tornati al bar. Non c'era niente di sospetto, o forse non siamo stati tanto bravi da individuare qualcosa d'insolito. In fondo sono contenta, se ci avessimo trovato qualcosa di losco avrebbe significato che non ero brava a giudicare le persone, e per me il signor Matteo è una brava persona.
«Posso chiederti una cosa?»
Sto per rispondere ma lui alza una mano.
«Niente domande futili, ho capito. Qualcosa per cui vale la pena rispondere.»

«Ci sto, però vale per entrambi, questa è la regola. Una domanda per uno.»

Lui annuisce e mi guarda dritto negli occhi.

«Perché hai un tatuaggio con la scritta *Quae nocent docent*?»

Mi stupisce che ricordi la frase.

«Vuoi sapere il significato?»

«'Le cose che feriscono insegnano'; no, voglio sapere a cosa è riferito.»

I miei occhi nocciola incontrano i suoi e non tentennano.

«A mia madre. Perché hai lasciato la tua ragazza?»

«Mi ha tradito con un amico. Perché ti ha fatto soffrire?»

Sbatto appena le palpebre.

«Se n'è andata di casa quando avevo due anni ed è tornata che ne avevo sette. Ho vissuto con mia nonna. Hai fratelli?»

Leonardo rimane in silenzio, sembra stia decidendo che risposta darmi.

«Sì, uno più grande e una sorellastra più piccola...» fa una pausa, poi aggiunge tutto d'un fiato «sono stato adottato.»

Lo guardo con aria indagatrice, temendo mi possa prendere in giro, ma il suo sguardo rimane fermo, senza tentennamenti.

«Il più grande si è da poco trasferito a Parigi, gli piacerebbe che lo raggiungessi» aggiunge.

«Come mai non siete stati adottati insieme?»

«Alessandro non lo voleva nessuno, all'epoca aveva undici anni, mentre io solo quattro. Lui era troppo grande.»

L'aria da ragazzo viziato è scomparsa lasciando il posto a uno sguardo sincero.

Apro la bocca e poi la richiudo, non mi viene in mente niente da dire. Frasi tipo 'mi dispiace' sono fuori luogo, so per esperienza quanto sia fastidioso essere compatiti.

«Mia madre mi ha lasciato per andare ad Amsterdam a riprendersi mio padre, ma una volta lì si è persa per qualche anno, per poi tornare con una nuova sorellina.»

Leonardo mostra un sorriso amichevole. «Be', dev'essere un bel tipo tua madre!»

Ridacchio.

«Ha passato dei momenti difficili, dice. Adesso, però, è un'altra persona.»

«L'hai perdonata, quindi?»

«Diciamo che me ne sono fatta una ragione. Bisogna saperli accettare i difetti dei genitori, non credi?»

Leonardo non risponde.

«E cosa ti trattiene dal raggiungere tuo fratello? Io sarei già partita.»

«È complicato. Da un lato vorrei andare, ma dall'altro non mi va di lasciare quelli che a tutti gli effetti sono i miei genitori. Non voglio deluderli. Il minimo che possa fare è diventare un medico come desiderano.»

«Ma non è quello che vorresti tu, giusto?»

Leonardo si alza, si dirige verso il bancone, prende una birra, e dopo averla stappata se la porta alla bocca.

«I soldi te li lascio qui.»

«Non serve, offre la casa.»

Il signor Matteo non avrà certo il coraggio di farsi pagare.

«Lo conosci bene il proprietario?» chiede cambiando bruscamente argomento.

«Abbastanza, lavoro per lui da un anno ormai. Una persona gentile, disponibile, anche se lo vedo solo al cambio turno o la sera quando viene a prendere l'incasso. Oggi era la prima volta che chiudevo da sola.»

Leonardo sembra distratto, perso nei suoi pensieri.

Mi alzo e gli dico che vado a cercare nuove candele, sono ossessionata dall'idea di rimanere al buio.

Arrivo in cucina, apro i cassetti, gli sportelli... e scopro una porticina che non avevo mai notato prima. Mi avvicino e la apro. Il locale è piccolo e angusto, ma in alto, proprio sopra una scaffalatura di metallo, c'è una finestra a ribalta, che si apre a metà.

«Leonardo!» urlo, eccitata.

Lui entra trafelato.

«Aiutami ad andare fin lassù.»

Mi fa salire sulla sua mano spingendomi; mi sorreggo a una delle aste e facendo leva con una gamba salgo sul ripiano. Cerco di non pensare a quello che potrebbe esserci nascosto e camminando a quattro zampe arrivo alla finestra. Non c'è possibilità di passare da lì, lo spazio è troppo piccolo. Sfilo il cellulare e vedo se c'è segnale; appare solo quella sgradevole frase 'nessun servizio disponibile'. Lo agito per aria e finalmente m'illumino.

«Leonardo, il campo, poco e intermittente, c'è!»

Il mio compagno di sventure esulta.

«Brava, bel colpo!»

Sorrido, soddisfatta.

«Non credo di riuscire a fare una telefonata ma possiamo provare a inviare un messaggio. Lo spedisco alla mia amica. Vedrai che manderà qualcuno.»

«Peccato, cominciava a piacermi questo fantastico locale che puzza di muffa e birra rancida.»

Adesso rido, divertita; per la contentezza mi è venuta una specie di ridarella che non riesco a controllare.

«Ti posso confidare un segreto?»

«Certo.»

«Sono astemia.»

«Stai scherzando? Come fai a preparare i cocktail se non li provi?»

«Anche i grandi chef non assaggiano i loro piatti.»

Leonardo mi aiuta a scendere dagli scaffali.

«Qual è il tuo sogno nel cassetto?» chiede, facendomi scivolare a terra.

Rimaniamo uno di fronte all'altra. Fisso i suoi occhi e mi vengono in mente dei pensieri che mi fanno arrossire. Per fortuna non può leggermi nella mente.

Leonardo mi passa una mano sui capelli.

«Cosa stai facendo?» chiedo, turbata dal fatto che il mio corpo reagisca al suo tocco.

«Avevi una ragnatela sulla testa, scusa.»

Mi slego i capelli e la lunga massa ramata mi ricade sulle spalle. Infilandoci in mezzo le dita cerco di scuoterli un po'. Leonardo sembra ipnotizzato dai miei gesti e rimane a guardarmi in silenzio.

«Non vedo l'ora di fare una doccia, ho prurito dappertutto...»

Continua a fissarmi le labbra, che si distendono in un leggero sorriso.

Torniamo in cucina e Leonardo mi precede con passi nervosi.

«Lo sai che non ho memoria di quando ero piccola?»

Lui si gira, alza la candela e mi illumina il viso.

«Cosa vuoi dire?»

«Le cose che so di me le ho apprese da mia nonna. Non ho ricordi del mio passato.»

«Io, invece, della mia famiglia biologica ho solo i racconti di mio fratello.»

Osservo il viso spigoloso, le labbra morbide e gli occhi grandi. Apro la bocca ma poi la richiudo. Vorrei fare quella domanda che preme per uscire, ma non ho il coraggio; ho paura di essere troppo invadente. Eppure il mio cervello è lì, che smania per sapere, per conoscere, per aggiungere un nuovo tassello al quadro che si sta profilando.

Non è curiosità ma voglia di capire meglio una persona che ha sofferto, un po' com'è successo a me. Mi sento improvvisamente loquace, pronta a parlare anche degli argomenti più intimi, quelli che non ho mai affrontato con nessuno.

«Dillo. Tanto lo so che vuoi chiedermelo.»

Infilo una mano tra i riccioli e ne attorciglio uno. Ripeto questo gesto lentamente, e Leonardo segue affascinato le dita che si muovono tra i capelli. Sembra un'altra persona, o forse sono io che lo vedo sotto una nuova luce. Paziente, aspetta che mi decida a fare la domanda tanto agognata, eppure le parole continuano a non voler uscire, quasi temessi la risposta. Sicuramente non sarà qualcosa che mi farà sentire meglio.

Leonardo si avvicina, prende il ricciolo con cui stavo giocando e lo attorciglia al suo dito. Trattengo il fiato, immobile. Mi accorgo di una vena del collo che pulsa, non è così rilassato come vorrebbe sembrare. La mano scivola sulla guancia, lascio che le dita mi solletichino la pelle. Alzo gli occhi e per una frazione di secondo i nostri sguardi s'incrociano; il sangue pompa più veloce, e un leggero rossore m'imporpora le guance. Abbasso gli occhi e Leonardo si allontana, dandomi le spalle.

«Sono morti in un incidente stradale» dice con voce atona.

Le parole rimangono sospese nell'aria. Un freddo improvviso mi penetra nelle ossa, mentre infinite domande mi affollano la mente ma rimangono mute, silenziose.

«Non essere dispiaciuta per me, non ricordo niente.»

Respiro a fondo e finalmente riesco a dire qualcosa.

«A volte non senti che ti manca un pezzo?»

«Ogni secondo del mondo.»

Assimilo le sue parole come acqua nel deserto.

«A me succede quando sono in mezzo alla gente. È come se avessi la sensazione che gli altri mi guardino in modo diverso.»

«Forse perché tu per prima ti senti diversa da loro, non pensi?»

«È così anche per te?»

Lui alza le spalle.

«Per me è differente. Prima ho mentito. Mi dispiace di non aver potuto conoscere i miei veri genitori, ma è altrettanto vero che sono cresciuto circondato da persone che mi hanno fatto sentire parte della loro famiglia, amandomi senza differenze tra me e mia sorella.»

Fa una pausa. Sembra contrariato.

«A volte mi sento in colpa.»

«Per cosa?» chiedo.

«Perché non provo niente per loro. Guardo le foto, mi vedo sorridere in braccio a mia madre o mio padre e non sento niente; è come se guardassi le immagini di qualcun altro.»

«Non avevi dei parenti, zii, cugini, nonni?»

«I miei nonni erano molto anziani quando è successa la tragedia, e con gli altri non c'è mai stato alcun tipo di rapporto neanche prima; nessuno si è voluto prendere la responsabilità di occuparsi di noi.»

Mi mordo un labbro e Leonardo increspa la bocca.

«Non hai risposto alla mia domanda di prima, quella sui sogni.»

Sorrido.

«Aprire un bar in una serra in mezzo alle farfalle. Ho già il nome del locale: 2 21 20 20 5 18 6 10 25 3 15 3 11 20 1 9 12.»

Leonardo mi guarda confuso mentre rido divertita.

«Butterfly Cocktail. Hai dimenticato la mia passione per i numeri.»

«L'idea è bizzarra.»

«Be', non credo di essere una ragazza comune.»

Leonardo sorride.

«No, direi proprio di no.»

«E i miei cocktail si chiameranno con dei numeri, ovviamente.»

Adesso è davvero perplesso.

«*Buongiorno, Caterina, sono indeciso se prendere un 25 71 47 o un 2 800 21... lei cosa mi consiglia?*»

Scoppio a ridere.

«Ok, può sembrare un pochino strano, ma il locale deve rispecchiare il proprietario, non pensi?»

«Certo, ma neanche sembrare un posto di alieni. Insomma, i numeri a volte sono respingenti, non è più evocativo il nome di una pianta, o di un fiore? In fondo vuoi aprirlo in una serra.»

«Oppure i nomi delle farfalle.»

Leonardo mi prende di nuovo in giro.

«*Io vorrei il* Graphium agamemnon *mentre il mio amico assaggia un* Cyaniris, *grazie, signorina.* Non male, ma per me fallisci dopo un mese.»

Ora ride di gusto.

«Hai ragione, forse non è proprio una buona idea. Devo ragionarci meglio. Tu come fai a conoscere i nomi delle farfalle?»

«Alle elementari avevo il mio compagno di classe che era appassionato d'insetti, passava tutto il giorno a fare ricerche e mostrarmi le specie che scopriva. Spesso lo aiutavo a scrivere i nomi accanto alle foto che scattava. Comunque, tranquilla, quei due sono gli unici nomi che ricordo.»

Divertita, controllo l'orologio e penso che ormai usciremo tra un paio d'ore al massimo, quando alle sei e mezza arriverà Teresa per aprire.

Mi alzo e controllo il cellulare, ma tutto tace. Adesso ho sia fame che sete; vado alla ricerca di cibo ma, a parte del formaggio e del prosciutto, non trovo niente che soddisfi il mio appetito. Torno da Leonardo, che nel frattempo si è seduto sulla panca a disegnare.

Addento il tramezzino che mi sono preparata e sorseggio un bicchiere di Coca-Cola.

Mi torna in mente quando mia madre si è presentata senza preavviso alla porta di casa, dopo quei cinque interminabili anni.

Era una domenica d'estate. Stavo in camera mia a leggere un libro sul corpo umano che mi ero fatta regalare; stavo guardando la pagina dei muscoli, ed ero concentrata sulle figure che mostravano come il nostro corpo fosse coperto interamente da fasce, come le mummie. All'improvviso suonarono alla porta, mia nonna andò ad aprire. Prese a parlare animatamente con qualcuno. Quando sentii pronunciare il mio nome mi affacciai sul corridoio.

Notai subito la capigliatura di quella donna, era simile alla mia, poi incontrai quegli occhi chiari che mi sorridevano tra le lacrime, finché non mi venne incontro abbracciandomi forte. Imbarazzata, guardai mia nonna e prima che lei potesse aggiungere qualcosa andai a nascondermi tra le pieghe della tenda della sua camera. Lì rimasi per tanto tempo, ascoltando le parole, i racconti disperati, il pianto di quella minuscola creatura che teneva in braccio. Quando infine sentii che voleva riprendermi con sé, mi fiondai in camera mia e m'infilai nell'armadio, dietro ai vestiti e alle magliette.

Passò parecchio tempo prima che riuscissi a perdonare mia nonna per avermi tradita e abbandonata, mandandomi a vivere con una perfetta sconosciuta. I primi anni furono i più difficili, tanto che pensai seriamente di fuggire via per non dover vivere sotto lo stesso tetto.

E in quel momento ho come un flash che si accende nella mia testa...

«Non puoi dirmi quello che posso o non posso fare, non ne hai il diritto. Perché non sei rimasta ad Amsterdam?» urlo, sbattendo la porta della mia camera.

«Posso dirtelo eccome, sono tua madre e sono tornata per stare con te, lo sai che ti voglio bene» risponde, venendomi dietro e cercando di rimanere calma.

«Bugie, solo bugie. Se così fosse stato non mi avresti mai lasciato. La verità è che sei un'egoista, non t'importa di niente e di nessuno, tranne che di te stessa. Per questo papà ci ha lasciato.»

Mia madre scoppia in lacrime e si copre il viso con le mani.

«Hai ragione, ho sbagliato, però adesso sono diversa.»

Ormai non riesco più a controllarmi, ho bisogno di ferirla e farla sentire in colpa, è più forte di me.

«Hai mai pensato a me mentre ti divertivi in Olanda, passando da un fidanzato all'altro?»

Lei mi guarda in silenzio, colpita dalle mie gelide parole.

«Io...» balbetta.

Stringo i pugni e la guardo con odio. Come può una madre dimenticarsi della propria figlia? Possibile che in tutti quegli anni non ha mai avuto il desiderio di sapere se crescevo, mangiavo o sentivo la sua mancanza? E, come se questo non fosse sufficiente per odiarla, perché papà l'ha lasciata poco prima che nascessi?

«Non contenta di quello che avevi fatto passare a me, poi, hai pensato bene di rimanere incinta di Camilla. Non ti è bastato aver fatto soffrire una figlia?»

Mia madre si alza e cerca di abbracciarmi, ma io l'allontano duramente.

«Ti prego, Caterina! Perché, dopo tutti questi anni, continui a odiarmi? Possibile che non riesci a perdonarmi?»

La guardo tristemente.

«Non posso cancellare quello che hai fatto, mi dispiace, mamma. Ci ho provato, ma non ce la faccio. Non riesco ancora a capacitarmi che per cinque lunghi, interminabili anni tu ti sia dimenticata di me.»

Lei rimane in silenzio con le braccia lungo il corpo. Senza aggiungere altro mi giro ed esco di casa, chiudendo piano la porta per non svegliare mia sorella che dorme...

Faccio qualche gradino ma le lacrime mi offuscano la vista; mi siedo sulle scale, coprendomi il viso con le mani.

«Oh, nonna, vienimi a prendere, ti prego. Voglio tornare da te, non posso rimanere qui, questa non è la mia vera casa» sussurro coprendomi il viso con le mani.

Il calore di due forti braccia che mi stringono mi fa dimenticare il freddo che sento dentro al cuore. Respiro il suo profumo e mi sembra di tornare indietro nel tempo, a quando ero felice. Mi asciugo le lacrime e alzo la testa in cerca di un maggior contatto.

Incontro gli occhi intensi di Leonardo, che mi osservano preoccupati.

«Caterina?»

Confusa, sento il mio corpo reagire alle dita che mi accarezzano piano la schiena. Trattengo il respiro e guardo le sue labbra morbide; sento l'urgenza di toccarlo. Allungo una mano e lo accarezzo appena.

Sconvolta per l'uragano di emozioni che mi colpisce come una frustata, ritraggo la mano spaventata. Leonardo rimane fermo ma i suoi occhi s'incupiscono.

«Stai bene?» chiede, continuando a fissarmi.

Mi perdo in quello sguardo che sembra volermi dire tante cose.

Annuisco in silenzio per non spezzare la magia del momento.

«Stavi piangendo...»

A malincuore mi sciolgo dall'abbraccio. Leonardo prende una sedia e si siede vicino a me.

Sospiro.

«Solo brutti pensieri, niente di speciale. Mi capita spesso.»

«Dicevi di voler tornare alla tua vera casa.»

Sorrido stancamente.

«Sì, quella della nonna.»

«Dove abitavate?»

«Al quartiere Trieste, non so se lo conosci.»

«Certo, fino a quattordici anni ho vissuto al Coppedè.»

Lo guardo meravigliata.

«Stai ancora da quelle parti?»

Annuisco e mi alzo dalla sedia; ho bisogno di mettere distanza tra di noi, la sua vicinanza mi disorienta.

«Mi è venuta fame, ti va un dolce?»

«Magari, il mio stomaco sta brontolando da ore.»

Prendo dalla borsa una confezione di biscotti, mi siedo per terra appoggiandomi al muro e la apro. Leonardo mi segue, ma io questa volta non mi allontano.

«Non ci posso credere che per un periodo siamo stati vicini di casa» dice.

«Magari ci siamo incontrati al cinema senza saperlo.»

«Io andavo sempre al Lux.»

Sgrano gli occhi e scoppio a ridere.

«Allora ti è capitato di andare anche a Villa Ada.»

«Ci andavo a giocare a pallone con i miei amici e per un periodo ho frequentato una ragazza che abitava a piazza Crati.»

«Come mai vi siete trasferiti in centro?»

«Mia madre lavorava in uno studio notarile da quelle parti e dopo varie insistenze è riuscita a convincere mio padre a spostarci.»

«E ti piace?»

«Sì, non c'è mai il rischio di annoiarsi. Hai ogni cosa a portata di mano e poi la sera è una pacchia; la zona è piena di locali, bar, ristoranti, eventi... basta scendere per trovare qualcosa da fare. Per non parlare dell'estate, quando le attività si centuplicano. No, oggi come oggi non lo cambierei per nessun altro posto al mondo.»

«Neanche per andare a vivere in una grande metropoli, tipo Londra o New York?»

«Al momento no, mi piace la mia vita.»

«Per questo non vuoi raggiungere tuo fratello?»

Leonardo finisce di masticare il biscotto tenendo le braccia appoggiate sulle ginocchia.

«Anche, ma non solo. La verità è che non sono più così legato a lui come lo ero all'inizio, abbiamo preso strade diverse. Alessandro non vuole capire e ogni volta che provo a spiegargli il mio punto di vista s'innervosisce e finiamo per litigare.»

«Sei mai andato a mangiare i cornetti caldi al bar Romoli?»

Leonardo si gira a guardarmi e sorride.

«Come no. Erano più le volte che stavo lì a rimpinzarmi di ciambelle che altrove.»

«Le adoro! Anche adesso quando posso ci porto Camilla, mia sorella più piccola.»

«Non mi parli mai di tuo padre... non c'è più?»

Guardo nella busta dei biscotti se è rimasto qualcosa. Prendo tempo ma è inutile, sento che voglio parlare.

«Non conosco neanche il suo nome. Sono il risultato di una notte di sesso» dico con un filo di voce.

«Avevo capito che tua madre era andata in Olanda per riprendersi tuo padre, scusami.»

Chiudo gli occhi e provo a dire le cose senza sembrare troppo dura. In fin dei conti, lui non c'entra nulla.

«Così credevo anch'io, fino a qualche anno fa. Ma dopo aver tormentato mia madre, alla fine sono venuta a capo di tutta la storia.»

Leonardo ascolta attentamente. Non muove un muscolo e sembra veramente interessato a quello che sto dicendo. Mi rilasso e proseguo abbassando lo sguardo.

«Mia madre era sposata quando è rimasta incinta di me andando con un altro. Mio padre l'ha scoperto poco tempo prima che partorisse e se n'è andato a vivere ad Amsterdam. Il resto della storia la conosci. Adesso hai un quadro completo della mia vita.»

«E tua sorella di chi è figlia?»

«Chi lo sa!»

Leonardo non riesce a fare nessun commento.

«Ti ho lasciato senza parole, vero? Pensavi che la tua vita fosse complicata e invece, ecco che incontri una barista di nome Caterina e scopri che la sua lo è ancora di più.»

Leonardo mi guarda per qualche secondo poi scatta improvvisamente in piedi e m'indica con la mano.

«Adesso mi ricordo, eri nella sezione B del Settembrini!»

Lo guardo come se fosse un marziano. Provo a fare mente locale ma i ricordi non vogliono tornare; possibile che di tante persone che ci sono a Roma mi trovi di fronte a un compagno di classe delle medie? Eppure Leonardo è un nome particolare...

Lo scruto con maggiore attenzione, ma non c'è niente da fare, la sua faccia mi è sconosciuta.

«Io ero nella sezione A e avevo la Beccarini tra le insegnanti. Non ti ho riconosciuto perché all'epoca avevi i capelli cortissimi, giusto?»

Continuo a fissare la sua espressione divertita, l'entusiasmo per questo improvviso ricordo.

«Eri così diversa, ma adesso che ti guardo meglio mi tornano in mente mille cose. Mio dio, sei proprio tu! Questa cosa è incredibile.»

Sono affascinata dal suo entusiasmo, dall'euforia che questa scoperta sembra avergli procurato.

«Non ci credo che non hai memoria di quegli anni, non è possibile. Concentrati, Caterina, ti prego, è importante.»

« E perché?»

Sembra infastidito dalla mia domanda. Sospira, irrequieto.

«Non voglio dirtelo, devi ricordarlo; altrimenti non ha senso quello che sto per dirti...»

Lo guardo di nuovo ma nel mio cervello non scatta niente.

«La scuola almeno, quella te la ricordi?»

Buio totale.

«Una delle tue insegnanti...?» Mi supplica.

«D'italiano avevo la Schiavetti.»

«Allora qualche frammento c'è, dài, forza che ci sei quasi.»

Lo guardo, imbarazzata.

«Questo me l'ha detto mia madre tempo fa, scusa.»

Lui si passa una mano tra i capelli, sembra un leone sul punto di sbranare qualcuno. Cosa c'è di così tanto importante da ricordare? Cosa avrò mai combinato alle scuole medie?

«Dài, Caterina, ti prego, ti prego. Ci facevano fare la ricreazione insieme.»

Ancora buio.

Irritato, Leonardo comincia a camminare avanti e indietro.

«Mi dispiace tantissimo di non rammentare nulla, ma non sei la prima persona che mi riconosce raccontandomi episodi di vita vissuti insieme. Non posso farci niente, dimentico ogni cosa, sono un disastro!»

«Come fai a essere tanto brava con i numeri e non avere minimamente memoria? È un controsenso.»

«Perché sei tanto infastidito? In fondo, non eravamo neanche in classe insieme» rispondo, stizzita.

Lui torna verso di me e mi obbliga ad alzarmi.

«Non ci credo, Caterina, sono sicuro che puoi farcela. Prova a concentrarti. Guardami attentamente, senza perdere un dettaglio, e dopo chiudi gli occhi.»

Mi posiziono di fronte a lui e osservo il suo viso, le sopracciglia folte, la fronte alta, i capelli che dopo una notte insonne gli ricadono disordinati sul viso. La linea delle labbra, la vena in evidenza che pulsa sul collo. Provo a imprimermi nella mente i suoi lineamenti mentre cerco di ricordare come poteva essere alle medie. All'improvviso ho un flash: rivedo la mia amica Ottavia, l'unica con cui sono rimasta legata; sta in un corridoio. Chiudo gli occhi e lascio che le sensazioni di quegli anni tornino a galla.

Con mio immenso stupore vedo le classi, sento l'odore di disinfettante dei bagni, i panini a merenda, le urla delle professoresse, gli schiamazzi mentre usciamo da scuola... Respiro a fondo e mi appare la mia aula, grande, spaziosa, con i banchi allineati in tre file. Sono seduta al terzo banco con Matilde, una ragazzina che faceva di tutto per farmi sentire una disadattata.

Trovo coraggio, mi sforzo ancora, e la mia mente si apre... Ci sono finestre da un lato e la porta dall'altra, la lavagna è leggermente spostata sulla sinistra, accanto alla cattedra...

Scavo ancora e rivedo il viso della bidella, che teneva da parte le merende migliori per me e Ottavia. Tengo ancora gli occhi chiusi... Sorrido ricordando le nostre fughe in bagno, per nasconderci dalle interrogazioni d'italiano. Calcolavamo il tempo che bastava per evitare che scegliesse proprio noi e poi separatamente entravamo scusandoci con motivazioni diverse... fino a quando, un giorno, la professoressa ha aspettato che entrassimo per interrogarci entrambe...

Felice che siano tornati i ricordi, rimango con gli occhi chiusi e mi concentro meglio.

Vedo il corridoio, le porte delle altre classi; avanzo come se rivivessi il passato, e si susseguono la sala dei professori, l'aula di ginnastica, la segreteria. Continuo a muovere un passo dopo l'altro e arrivo finalmente alle scale. Mi muovo veloce, sembra che stia cercando qualcosa... no, che dico, qualcuno. Faccio la rampa in discesa, saltando i gradini a due a due; mi sento euforica, sto finalmente per scoprire come mai sono tanto felice.

Un trambusto improvviso mi confonde, giro la testa e sento chiamare il mio nome.

«Caterinaaa!!!»

Uno squarcio di luce mi illumina la mente, e finalmente capisco.

Apro gli occhi di scatto e trovo il signor Matteo che mi scuote vigorosamente.

«Stai bene? Oddio, per un momento ho pensato ti fosse successo qualcosa.»

Lo guardo inebetita senza proferire parola.

Mi sciolgo dalla presa e mi cingo la vita con le braccia. Socchiudo gli occhi cercando di abituarmi lentamente alla luce; dopo tanta penombra sembra insopportabile.

«Perché non mi hai risposto quando ti ho chiamato?»

Ignoro le sue domande, mi giro a guardarmi intorno, ma non lo vedo.

«Vieni, ti accompagno a casa. Ti vedo provata.»

«Lui dov'è?»

«Di chi parli? C'era qualcuno insieme con te?»

«Leonardo...»

«Non ho visto nessuno quando sono entrato, Caterina. Aspetta che vado a controllare.»

Lo seguo, non voglio rimanere sola, e poi devo assolutamente trovarlo.

Leonardo sembra svanito nel nulla.

«Caterina, sei sicura di non esserti addormentata?»

«Certo che no. Ho passato tutta la notte con questo ragazzo... un cliente che era rimasto chiuso in bagno. Non è possibile che sia scomparso nel nulla.»

Il signor Matteo mi guarda perplesso.

«Caterina, abbiamo fatto il giro ben due volte.»

Non lo ascolto, corro in bagno, accendo la luce e chiamo a squarciagola il suo nome. Passo in rassegna nuovamente la cucina, il ripostiglio e la cantina; controllo dietro il bancone, vicino alle panche, sotto i tavoli. Niente, Leonardo sembra svanito nel nulla.

«Forse è uscito mentre entrava lei... Sicuramente ci sta aspettando fuori.»

Agitata, corro in strada, ma è deserta.

Leonardo, che fine hai fatto?

Mi giro e lentamente torno dentro. Possibile che abbia sognato ogni cosa?

Raccolgo le mie cose, sparpagliate sul pavimento, e lentamente mi avvio verso l'ingresso. Eppure la sua voce sembrava reale, mi dico avvertendo una gran confusione nella testa e nel cuore.

Il signor Matteo chiude il locale e aspetta che la serranda si abbassi mentre la luce comincia a rischiarare il cielo.

Trattengo uno sbadiglio e m'infilo la giacca a vento.

«Dove vuoi che ti porti?»

«Dalla mia amica, grazie.»

Nel breve tragitto fino a casa di Ottavia rimango in silenzio, rivivendo mentalmente la nottata appena trascorsa.

«Mi dispiace davvero tanto per quello che è successo, Caterina. Riposati e chiamami quando ti sei ripresa.»

«Grazie del passaggio, signor Matteo» dico annuendo.

Scendo con le gambe pesanti e chiudo la portiera.

«Ah, Caterina, dimenticavo. Prima ho trovato questo per terra, proprio vicino a te... credo sia tuo.»

Prendo in mano un foglietto inserito in un anello.

Con delicatezza srotolo il foglietto. È un disegno del mio viso con i capelli corti. Mentre mi rigiro tra le dita quel minuscolo pezzo di metallo ho una stretta al cuore. Sotto il polpastrello sento come delle piccole imperfezioni. Avvicino l'anello al viso e intravedo una minuscola incisione, consumata dall'usura e dal tempo.

Le dita mi tremano per l'emozione mentre una lacrima mi scivola via. Respiro a fondo sapendo già quello che c'è scritto.

Caterina e Leonardo, per sempre.

DANIELA AZZONE

VITA DA TOP MODEL

L'odore di terra bagnata si fa sentire nell'aria mentre corro sul sentiero.

Questa mattina mi sono alzata che era ancora buio e per non disturbare le mie coinquiline ho afferrato i primi vestiti che ho trovato e infilato le scarpe da ginnastica. Nonostante il cielo fosse carico di nuvoloni neri, non avevo voglia di rinunciare al mio solito allenamento. Così ho preso una giacca a vento leggera e le mie inseparabili cuffiette. Quando arrivo all'inizio del percorso, la luce è già alta e l'aria frizzante. Accendo la musica e mi sgranchisco le gambe.

Ieri sera ho fatto tardi, ho raggiunto Luca in un pub e siamo rimasti a parlare fino alle due di notte. Si sta preparando per un esame ma aveva bisogno di distrarsi e così gli ho raccontato del mio servizio fotografico, quello fatto nel pomeriggio insieme ad altre due modelle, per una linea di borse di Louis Vuitton. Il fotografo, un francese eccentrico e irascibile, voleva farci distendere su un manto di fiori senza niente addosso, con solo borse e valigie a coprirci. Vedendo le mie perplessità, l'assistente aveva provato a tranquillizzarmi, dicendomi che sarei rimasta sempre coperta durante gli scatti. Alla fine ho chiamato l'agenzia e dopo aver spiegato che non avevo voglia di farmi vedere nuda neanche dal fotografo e dal resto della troupe, abbiamo trovato una soluzione che ha soddisfatto entrambi: avrei fatto il servizio con addosso della biancheria intima minuscola. In questo lavoro bisogna sempre salvaguardare la propria immagine, perché basta poco per farti etichettare in un certo modo!

Guardo il mio orologio, che è anche un cardiofrequenzimetro, controllo il tempo trascorso e finalmente rallento mettendomi a camminare. Mi asciugo il sudore e mi fermo a fare stretching. Squilla il cellulare, è Luca.

«Buongiorno, bella ragazza, sei ancora a rigirarti tra le lenzuola?»

«Figuriamoci, sono in piedi dalle sette e ho già corso un'ora.»

«Io preferisco bruciare le calorie in un altro modo.»

Non ho dubbi!

«Non mi dire che dopo aver lasciato me, ieri sera, avevi ancora energie da spendere.»

«Lo sai che sono insaziabile!!!»

Alzo gli occhi al cielo.

«A proposito, quando mi fai conoscere qualche amica del tuo giro?»

Ridacchio.

«Le conosci le regole, niente storie con le mie amiche modelle.»

«Ti rendi conto che questa regola è un supplizio per me? Con tutte quelle bellezze a disposizione.»

«Non ho voglia di trovarmi in situazioni imbarazzanti per colpa tua.»

«Potremmo sempre fare una cosa a tre!»

Ignoro la battuta.

«Vuoi infrangere la regola numero uno?»

Lo sento sbuffare.

«Lo so, lo so. Niente sesso tra amici, ma con te potrei fare un'eccezione.»

Una cosa che rimpiangeremmo entrambi, penso convinta.

«Lo sai che scherzo.»

Increspo le labbra mentre mi allungo.

Io e Luca siamo molto amici anche se ci conosciamo da

poco più di due anni, ma, fin da subito, si è instaurata una forte simpatia reciproca.

L'ho conosciuto un giorno per caso mentre ero al supermercato a Genova, la nostra città natale. Luca stava mettendo la sua spesa sul bancone della cassa e io ero proprio dietro di lui, aspettando il mio turno. All'improvviso, i miei occhi vennero attratti dalla rivista che teneva in mano; sul retro c'era la mia immagine vestita di Gucci. Istintivamente sorrisi e Luca ricambiò, convinto fosse per lui. A quel punto gli presi la rivista dalle mani e la girai verso di lui. La cosa divertente fu vedere il suo sguardo passare dall'interrogativo al sorpreso, poi scoppiò a ridere, scusandosi per l'equivoco.

Un'ora dopo eravamo seduti davanti a un bicchiere di birra, come vecchi amici. Avevamo scoperto lo stesso umorismo, la stessa curiosità per la vita, la stessa voglia di divertirsi ma anche lo stesso impegno e la stessa determinazione nel perseguire i nostri obiettivi. A nessuno dei due balenò, neanche per una frazione di secondo, che potessimo avere una storia, eravamo troppo simili.

«Perché non vieni a fare kickboxing con me, stasera?» chiedo.

«Ecco il problema delle donne come te, sempre a pensare all'attività fisica. Nessuno ti ha mai detto che un sano riposo aiuta lo spirito e la mente?»

Rido mentre mi distendo sull'erba.

«Forse ti sei dimenticato che il mio lavoro richiede un certo aspetto fisico.»

«Tutte le modelle fanno così tanto sport?»

«Le ragazze di Victoria's Secret si allenano dalle tre alle cinque volte a settimana per una o due ore al giorno. Bisogna faticare per essere snelle e toniche, oltre che belle. Allora vieni o no, stasera?»

«Dipende a che ora finisco all'università. Ti faccio sapere.»

Tornando verso casa, mi fermo al supermercato e compro il minimo indispensabile. Appena giro la chiave nella serratura, sento le voci delle mie amiche provenire dal salone.

Abbiamo affittato una casa insieme per la settimana di Milano Vende Moda. Siamo tutte e tre modelle e, dovendo spesso sfilare o fare servizi fotografici insieme, all'albergo preferiamo questa soluzione, per sentirci più libere e non avere l'obbligo di andare a cena fuori tutte le sere. Delle due quella a cui sono più legata è Daniela, una ragazza molto alta, bionda e con gli occhi azzurri. Olivia invece ha i capelli rossi e gli occhi verdi ed è un po' troppo costruita per i miei gusti; ciò non toglie, però, che quando siamo a Milano, facciamo sempre in modo di stare insieme, anche se siamo completamente diverse. Daniela è timidissima e con mille paure, Olly è concentrata solo sulla sua carriera, e io sono la casinista delle tre.

«Ben alzate, ragazze; pronte per il party di Versace?»

«Io ci sono» risponde Olly, sgranocchiando un biscotto.

«Lo sai cosa penso delle feste» aggiunge Daniela, a mo' di scusa.

«La solita rompiscatole, quando comincerai a goderti la vita?» rispondo dalla cucina, dove sto sistemando la spesa. «Potremmo mangiare a casa e andare insieme al party.»

«Cucino io, lo sapete che mi piace» risponde Daniela.

«Mmh, veramente pensavo di prepararvi un piatto della mia terra. Ho trovato una pasta all'uovo fantastica che aveva anche i mitici *pansoti*, così li ho comprati. Vanno mangiati con il sugo di noci. Che ne dite, ragazze?»

«Ho già l'acquolina in bocca. Che pasta è?» chiede Daniela.

«Ravioli ripieni di erbe varie e ricotta. Mia nonna me li cucina sempre quando torno a casa.»

«Affare fatto, vado a prepararmi. Oggi si prospetta una giornata pesante» aggiunge Olly.

Mi siedo accanto a Daniela.

«Come stai?»

«Bene, anche se in questo periodo ho problemi con la scuola. È difficile studiare da privatista.»

«Non t'invidio, per fortuna io ho finito. Adesso devo solo pensare a studiare per l'università.»

«Beata te, a me manca ancora un anno. La tragedia è che mio padre mi ha detto che se non recupero con la scuola mi fa smettere con questo lavoro.»

«E tu non mollare. Se t'impegni puoi fare tutte e due le cose. Questo lavoro può aprirti mille porte, devi solo saperle vedere.»

«Cosa vuoi dire?»

«Le modelle vanno di moda, un po' come tutto il resto. Se uno stilista s'innamora di te, devi saper cavalcare l'onda e sfruttare la notorietà di quel momento per ottenere ottimi ingaggi che arricchiscono il tuo curriculum e ti permettono di diventare una modella ricercata e ben pagata. Se giochi bene le tue carte, puoi avere grandi soddisfazioni.»

«Cosa dovrei fare più di quello che faccio?»

«Lavorare con le persone giuste e fare tutte le sfilate di Parigi; pagano poco ma sono molto prestigiose.»

«L'agenzia mi ha mandato lì solo una volta.»

«Loro non vanno bene per quelle cose, devi trovarne una proprio a Parigi. Se vuoi, ti giro il nome della mia, sono molto bravi.»

«Grazie mille!»

«Figurati, in cambio devi solo promettermi di venire al party, stasera.»

Daniela ridacchia.

«Lo sai che non lo faccio con cattiveria, ma non mi sento a mio agio in quelle situazioni.»

«Non voglio obbligarti, è chiaro. Promettimi solo che ci penserai.»

«Va bene.»

Due ore dopo, appena dentro gli spazi che ospitano le sfilate, ognuna raggiunge il proprio stand. Entro in quello di Armani, saluto le altre ragazze e mi dirigo verso lo stender dove sono appesi gli abiti da indossare. Sfioro i tessuti e sento un fremito attraversarmi la schiena: ogni volta provo la stessa sensazione, mi eccita l'idea di togliermi gli abiti di ragazza comune per diventare una moderna principessa.

Sfilo i leggings e la maglia lunga, prendo dalla stampella la camicia di seta blu scuro trasparente e mentre la sto per indossare, una sarta mi chiede se ho bisogno di aiuto. Finisco di chiudere i bermuda, aggiungo una larga cintura rossa e per ultima infilo una giacca blu con dei disegni geometrici rossi e bianchi. Abbino tutto con dei sandali alti e mi dirigo al trucco.

Oggi c'è Patty, l'unica donna in un mondo prevalentemente gay. Appena mi siedo, inizia a scrutarmi con la sua mole da elefante e viviseziona il viso.

«Zuccherino, oggi dimostri dieci anni di più!»

Le sorrido imperturbabile e non mi faccio intimidire dalla sesta abbondante che mi tiene inchiodata alla poltrona. La conosco fin troppo bene, è una vera provocatrice, cerca di metterti in difficoltà per capire se appartieni alle Barbie da disprezzare o alle gattine con gli artigli.

«Lo so, ma tu sei la regina del trucco. Chi meglio di te può fare miracoli?»

Lei ridacchia soddisfatta, mostrando il suo prezioso dente tatuato a forma di tartaruga.

«Oggi come devo essere, fatale o remissiva?»

«Audace e aggressiva, dunque trucco nero pesante e labbra rosse come i disegni della giacca.»

«Wow, Patty, che colpo di classe. Sei proprio un'artista.»

Lei adesso ride sguaiatamente e allarga le braccia.

«Dici bene, bambolina, dici bene! D'altronde, sono figlia d'arte. Pensa che già a sei anni passavo il mio tempo libero davanti allo specchio a truccarmi, creando delle composizioni artistiche sul viso così particolari che mio fratello, quando finivo, le fotografava per poi trarne dei quadri.»

Non oso chiederle che tipo di dipinti realizzasse, né che uso ne facesse. Mi viene da pensare a una famiglia di gitani, nomadi itineranti, in giro per il mondo con i carrozzoni a fare spettacoli teatrali. Ovviamente, questo pensiero bizzarro lo tengo per me, non sono sicura che apprezzerebbe l'idea che mi sono fatta di lei.

«Di dove sei?»

«Di un microscopico paese del Trentino dove per buona parte dell'anno la neve è così alta da non potersi muovere facilmente. Pensa che è talmente piccolo che non c'è neanche la scuola elementare, devi per forza spostarti in qualche paese vicino o arrivare fino a Trento.»

Mi spalma uno strato di fondotinta e picchietta con una spugnetta quello in eccesso. Poi afferra un grosso pennello setoso e dopo averlo cosparso di una cipria chiara me lo passa con delicatezza sul viso.

«Quel posto mi è subito stato stretto. Ho capito che dovevo scappare se non volevo finire a mungere mucche. Così, dopo lunghi pomeriggi invernali a truccare mia madre e le sue amiche, sono riuscita finalmente a partecipare a un concorso, ho vinto un minicorso di trucco professionale a Londra e, da lì, la mia vita è cambiata.»

Mi dà un piccolo colpetto sulla spalla.

«Sei pronta, signorina, puoi andare!» Finisce bruscamente e mi spinge verso il parrucchiere che, per fortuna, sistema velocemente i miei capelli corti. Due minuti dopo cammino sulla passerella facendo la mia prima entrata della giornata e mi torna in mente come tutto ha avuto inizio.

Avevo da poco finito il corso da indossatrice, a Genova, vincendo il concorso della scuola: il premio era la pubblicità per un profumo di Fiorucci.

Mi accompagnarono i miei due fratelli gemelli, Andrea e Marco; i miei genitori non erano riusciti a prendersi un giorno di permesso a lavoro e non volevano mandarmi da sola, avevo appena diciassette anni. Quando mi presentai agli studi fotografici di Milano per scattare le foto ero emozionatissima, lo spazio era enorme, scuro, e non sapevo bene quello che mi aspettava e cosa avrei dovuto fare con esattezza. I miei fratelli si andarono a sedere in fondo alla sala e io fui accompagnata su una poltrona di fronte a un grande specchio illuminato. Quasi subito arrivarono il truccatore e il parrucchiere e mentre uno mi osservava il viso, l'altro cominciò a legarmi i capelli, che all'epoca portavo lunghi, in due trecce. Dopo mezz'ora arrivò il fotografo che fu molto simpatico e alla mano; cercò di mettermi a mio agio, facendomi parlare e spiegandomi nei dettagli quello che avremmo fatto. Lavorammo per due ore di fila, senza interruzioni, e quando finalmente ci concedemmo una pausa ero stanca e affaticata.

Per uscire in cerca dei miei fratelli attraversai un lungo corridoio e mi fermai a osservare le foto che lo ricoprivano interamente.

«Io sono quello in alto a sinistra, anche se la foto è di qualche anno fa.»

Mi girai e incontrai gli occhi sorridenti di un signore.

«Gianmarco Chieregato.»

Sorrisi a mia volta e mi presentai, non sapendo cos'altro dire.

«Vorrei farti delle foto per una pubblicità di Armani, sono sicuro che allo stilista piaceresti molto.»

Lo guardai dubbiosa, non volevo sembrare la classica ragazzina ingenua che si fa abbindolare dal fotografo di successo. Lui, notando la mia diffidenza, tirò fuori un biglietto da visita e me lo porse.

«Fammi chiamare dalla tua agenzia. Chi ti rappresenta?»

Sprofondai dalla vergogna.

«Io, veramente, sono appena uscita da un corso. Questo è il mio primo servizio, l'ho vinto tramite un concorso organizzato dalla scuola.»

Lui sorrise, rassicurante.

«Capisco. Va bene, allora facciamo così: chiamo un paio di agenzie serie con cui puoi andare a fare un colloquio e nel caso mi fai contattare da loro.»

Ringraziai timidamente e non appena mi ritrovai da sola, osservai eccitata quel pezzetto di carta con scritto un nome e un numero di telefono. Raggiunsi i miei fratelli ancora in trance e raccontai l'accaduto, non riuscendo ancora a credere che mi fosse veramente successo.

Quello fu l'inizio del mio sodalizio con Armani, che poi mi aprì le porte al resto dell'alta moda.

* * *

Quando torno negli spogliatoi, sento un certo languorino farsi strada nel mio stomaco. Mi avvicino al tavolo delle vivande, bevo un bicchiere d'acqua, un succo d'arancia e mangio un trancio di pizza mentre tengo sott'occhio la sequenza delle uscite. Per fortuna ho ancora qualche minuto prima che scatti il codice rosso e mi vengano a prelevare di peso. Con la bocca ancora piena, corro a cambiarmi d'abito e infilo la camicia di seta beige con fusciacca, i pantaloni sportivi larghi con le tasche e sopra la giacca leggera di pelle lucida. Scarpe basse e occhiali da sole con pochette in tinta completano il tutto. Faccio la seconda uscita seguendo il ritmo della musica, veloce e secco. Arrivo alla fine della passerella e mi fermo, infilo una mano in tasca, compio un mezzo giro per tornare indietro ma sfortunatamente l'orecchino destro si sgancia e come un siluro si lancia verso il pubblico, andando a colpire una signora in pieno viso. Pietrificata, trattengo un urlo e vorrei correre a scusarmi con quella povera donna ma non posso interrompere la sfilata, dietro di me c'è un'altra modella che sta arrivando. Imbarazzata per l'incidente, avanzo e con la coda dell'occhio vedo crearsi un cerchio di persone intorno alla donna; appena dietro le quinte, corro a informare il direttore, ancora agitata.

«Non ti preoccupare, mando qualcuno a controllare» risponde, imperturbabile.

Lo guardo sorpresa e per niente rincuorata.

«Stai tranquilla, capita spesso di perdersi qualcosa durante le sfilate.»

Annuisco, cercando di capire se questo increscioso incidente potrà avere delle conseguenze con lo stilista, e torno verso il mio angoletto. Mando un messaggio a Luca e lui si schianta a terra dalle risate prendendomi in giro per la mia sbadataggine.

'Vedi se adesso non ricevi una denuncia per tentato omicidio!'

Gli invio una bella linguaccia.

'Esagerato, l'orecchino non pesava poi tanto.'
'Per me ti aspetta fuori quando esci.'
'Tu sì che sai come fare sentire bene le persone. Allora vieni stasera?'
'Oggi ho lezione fino a tardi ma se hai voglia di passare all'università dopo le sette e mezza, ci possiamo prendere qualcosa da bere insieme.'
'Ho una cena con le mie coinquiline e poi un party da Versace' lo provoco e Luca cade nella rete.
'Interessante, posso accompagnarvi?'
'Solo se vieni con me in palestra!'
Conto: uno, due...
'Affare fatto.'
Rido divertita, lo conosco troppo bene!

Mi rigiro tra le lenzuola, ancora frastornata. Ieri sera, il party è stato molto divertente e siamo tornate a casa dopo le quattro. Il fastidioso ronzio della sveglia non aiuta la mia testa. Vorrei prendere il cellulare e lanciarlo lontano ma poi dovrei farne a meno e questa opzione non è pensabile.

Scosto le lenzuola e mi chiedo come mai indosso ancora il vestito della sera prima. Cerco di ricordare qualcosa ma da un certo momento in poi il cervello ha smesso di funzionare correttamente: troppi Mojito!

Provo a tirarmi su a sedere e una fitta mi trafigge il cervello. Mi lascio cadere nuovamente sul cuscino finché Daniela non fa irruzione nella stanza e apre senza tante cerimonie le tapparelle.

«Ehi, ragazza, un po' di rispetto per chi sta soffrendo.»

Lei, implacabile, apre anche le tende e la finestra.

«Olly ha detto che ieri avete esagerato e, in effetti, guardandoti direi che somigli più a un pugile ormai alla fine della sua carriera che a una modella di vent'anni.»

«Sai qual è la differenza tra noi due? Io mi godo la vita mentre tu ti conservi per la vecchiaia.»

Daniela mi sfila il cuscino da sotto la testa e io lancio un urlo.

«Tra poco torno con un rimedio che mi ha consigliato Giulia.»

«E perché te l'ha insegnato, se tanto sei astemia?»

«Proprio per soccorrere le amiche che non sanno capire quando fermarsi» risponde sulla soglia.

Biascico qualcosa d'incoerente sentendo la bocca impastata.

Devo ammetterlo, non sono affatto messa bene. Cerco di ricordare gli impegni della giornata ma un'altra fitta alla testa mi tiene inchiodata al letto.

«Ne è valsa la pena almeno?»

«Molto. Sai chi è venuto? Il fotografo strafigo che segue le sfilate.»

«Parli di quel viscido che segna le tacche sul suo armadietto?»

«Che lingua parli, che cosa sono le tacche?»

«Sofi, smettila di fare la snob con me! 'Segnare le tacche' rende il senso, non trovi?»

Ridacchio, divertita. Mi piace prenderla in giro.

«Comunque, ti sei persa una festa molto carina, mancavi solo tu!»

«Dovevo studiare.»

Certo, come no!

«Prometto che la prossima volta vengo anche io» risponde, avvicinandosi con un intruglio in mano.

«Cos'è?»

«Un frullato di banane e miele.»

Mi viene la nausea solo all'idea.

«Le prime aumentano il potassio diminuendo la nausea e il secondo incrementa gli zuccheri. E ti ho graziato. Dovevo farti una centrifuga di asparagi, tuorli d'uovo e ketchup, sono perfetti per dissolvere velocemente le particelle alcoliche.»

Apro un occhio e la guardo meravigliata.

«Giulia è proprio un genio.»

Daniela ridacchia mentre si siede sul bordo del letto.

«Olly si è divertita?»

«Più di tutte, ha passato l'intera serata a chiacchierare con il 'mio' fotografo!»

«Veramente?»

«La perdono solo perché non le ho mai detto che mi piaceva.»

Daniela si distende vicino a me.

«E il tuo amico?» chiede.

«Chi, Luca? È uscito a braccetto con due ragazze, non modelle ovviamente. Lo sa che gli staccherei la testa se ci provasse con qualcuna di voi.»

«Non sei un pochino esagerata? Cosa te ne importa se esce con una di noi?»

«È un ragazzino, sotto quell'apparenza intraprendente, si nasconde una persona vulnerabile.»

«Quindi, è lui che stai proteggendo?» Daniela sbarra gli occhi che così sono ancora più belli.

«Certo, ma non posso dirglielo, risponderebbe che sa badare a sé stesso. Ammettilo, avere una storia con una ragazza come noi è difficile. Viviamo sempre sopra le righe, a contatto con un mondo frivolo, fatto di apparenze. Usciamo spesso a cena fuori, in giro per locali dove ci capita di conoscere persone ricche, famose e stravaganti. Una persona normale come lui, che va ancora all'università, che non ha soldi e proviene da una famiglia media non ha nessuna possibilità di successo, non pensi?»

«Hai fatto la domanda alla persona sbagliata. A me quello che hai appena descritto non piace affatto e non voglio in nessun modo farmi condizionare dalla fama e dalla ricchezza.»

«A parole è facile ma, anche se non lo vuoi, un pochino ti fai condizionare, è inevitabile. E, comunque, sei una delle poche a pensarla in questo modo.»

«Comunque, non sei sua madre!»

Non mi piace sentirmelo dire, ma ha ragione.

«Per questo non ci sei andata a letto?» insiste Daniela.

Sospiro, bevo il frullato e mi alzo lentamente.

«Non lo voglio perdere come amico e sicuramente non voglio distrazioni in questo momento della mia vita.»

«A chi lo dici!» risponde Daniela.

La guardo di sottecchi mentre mi dirigo in bagno.

«Lo sai anche tu che con questo lavoro l'amore non va bene.»

«Già, ma per me il cuore innanzi tutto.»

Allora sei destinata a soffrire, cara Daniela, penso aprendo la doccia.

Il rimedio naturale della mia amica funziona, un'ora più tardi mi sento molto meglio. Gli unici segni rimasti sono un paio di occhiaie e un sonno tale che mi addormenterei anche in piedi. Cammino spedita, sono in ritardo, dovevo essere in fiera già da una buona mezz'ora. Mando un sms a Benedicte, un'altra modella che sfila con me per Versace, e fortunatamente mi tranquillizza: non c'è ancora nessuno.

Devo passare da Luca a lasciargli l'iPad che ieri ha dimenticato da me; mi ha scritto di consegnarlo al ragazzo che vive con lui. Mi faccio lasciare dal taxi davanti al portone e dico al tassista di aspettarmi. Esco velocemente dalla macchina, entro nel portone e senza aspettare l'ascensore salgo i gradini a due a due. Quando arrivo al piano suono il campanello appoggiando la testa sulla porta e chiudo gli occhi, le tempie hanno ricominciato a battere furiosamente: forse alla fine il rimedio di Daniela è troppo leggero.

Apro gli occhi e mi trovo due paia di occhiali che mi scrutano a un millimetro dal naso. Provo a mettere a fuoco ma non distinguo il viso, sbatto le palpebre più di una volta e finalmente il volto si allontana dal mio.

«Chi sei, cosa stai facendo?» urlo, spingendolo con le mani lontano da me. Penso alle varie opzioni a mia disposizione: a) una ginocchiata in mezzo alle gambe come mi hanno insegnato i miei fratelli; b) una gomitata sul collo; c) le dita negli occhi, ma quest'ultima per ovvi motivi la scarto subito.

Il tipo, preso alla sprovvista, indietreggia e si sistema meglio gli occhiali sul naso.

«Scusa, non volevo spaventarti, quando ho aperto la porta mi sei caduta addosso. Non ho avuto altra scelta se non quella di farti stendere a terra. Stavo per farti la manovra di salvataggio.»

Lo guardo inorridita. Da dove è uscito questo tizio?

Lui allunga una mano per farmi alzare, ignoro il suo aiuto e con uno scatto mi rimetto in piedi in posizione di difesa, come quando mi alleno.

«Ehi, calma, non voglio farti niente. Sei tu che sei piombata a casa mia, ricordi?»

Adesso sembra palesemente infastidito.

Senza abbassare le braccia, lo osservo meglio. Alto, con i capelli arruffati e una leggera barba incolta. Indossa dei pantaloni informi con sopra una maglia larga e ha i piedi scalzi.

«Ti avverto, faccio kickboxing e sono stata tirata su da due fratelli maschi, molto aggressivi.»

Per una frazione di secondo, un piccolo sorriso gli increspa le labbra, poi torna serio.

«Ho capito, sei la psicopatica che sta tormentando Luca in questi giorni.»

Avanzo minacciosa.

«Come ti permetti? Io non ho bisogno di tormentare nessuno.»

Lui mi squadra ma la sua espressione rimane impassibile, anche se è palesemente furioso.

«Ascolta, non so chi sei o cosa vuoi. Luca non c'è e devo tornare a studiare. Adesso te ne puoi andare, per favore?»

Mi scansa come fossi una piuma e apre la porta di casa.

«Gli dirò che sei passata» aggiunge, glaciale.

Non mi viene in mente niente di pungente da dire. Tiro fuori dallo zaino l'iPad di Luca e glielo spingo addosso.

«Questo è suo.» E mi giro senza salutare.

«La prossima volta ti lascio cadere a terra» mi urla dalle scale.

«Non ci sarà una prossima volta» rispondo, senza voltarmi.

Il tassista m'inveisce contro non appena esco dal portone. Sfodero il sorriso migliore ma a quanto pare stamattina il mio fascino sembra essere scomparso del tutto. Mi appoggio allo schienale e chiudo gli occhi. Lo squillo del cellulare mi risveglia: è mia madre che, ancora prima di salutare, inizia a lamentarsi perché non la chiamo mai. Non avendo le forze per reagire al suo fiume di parole, lascio che chieda se dormo, mangio, faccio la brava e io, docile, la tranquillizzo a monosillabi. Non posso certo dirle che ogni tanto faccio tardi o bevo un bicchierino di troppo. La farei stare in pensiero e i miei genitori non se lo meritano, specialmente quando sono a chilometri di distanza.

«Come va il lavoro?»

«Faticoso, sfiliamo tutto il giorno, per fortuna che dura solo una settimana. Però, non devi stare in pensiero, mamma, so badare a me stessa.»

«È proprio quello che mi preoccupa, Sofia. Fin da quando eri piccola, hai sempre pensato di essere invincibile. Se almeno ci fossero i tuoi fratelli, lì con te.»

La sento sospirare e sorrido, immaginando la sua espressione.

«Mamma, non mi servono le guardie del corpo.»

«A volte penso che dovrei licenziarmi per avere il tempo di starti accanto.»

Sorrido, divertita.

«Mamma, cosa dici? A te piace il tuo lavoro e comunque torno tra qualche giorno, non mi sono mica trasferita dall'altra parte del mondo!»

«Hai ragione, scusami, a volte divento apprensiva. Mandami qualche foto che voglio vedere quello che fai. Noi facciamo tutti il tifo per te, piccola!»

«Lo so, mamma, lo so. Un abbraccio forte.»

Pago il taxi, arrivo al padiglione e l'assistente dello stilista mi viene incontro.

«Sofia, che fine hai fatto?»

«Scusami per il ritardo, purtroppo sono svenuta appena uscita di casa.»

Lui alza gli occhi al cielo.

«Speriamo che non sei incinta. Lo sapete ragazze che esistono i contraccettivi, vero?»

Lo guardo esterrefatta: come si permette, prima di tutto, di insinuare una cosa del genere e in secondo luogo di dirmi quello che devo fare?

Vorrei rispondergli a tono ma so di essere in torto, così abbozzo un sorriso e mi dileguo velocemente. Oggi è proprio la mia giornata no, devo solo sperare di arrivare sana e salva fino a sera. Mi siedo dal parrucchiere, sfilo dallo zaino una barretta di muesli al cioccolato e afferro il cellulare scrivendo a Luca.

'Chi è la ragazza che ti tormenta in questi giorni?'

'Non so a quale ti riferisci, ne ho tante...'

'Idiota!'

Lo immagino sganasciarsi dalle risate.

'Ho conosciuto il tuo nuovo coinquilino... pessimo.'

'Perché, cosa ha fatto, ti è saltato addosso?'

'Diciamo solo che non ci siamo piaciuti.'

Mi manda una faccina che si schianta dalle risate.

'Vuol dire che ti piace, allora.'

'Non ci andrei neanche se fosse l'ultimo uomo sulla terra.'

'Se fossi una ragazza, ci sarei già andata.'

'Sei fuori. L'hai guardato bene? E poi, non mi è sembrato neanche tanto a posto con il cervello.'

'Ha dei lati nascosti che non mostra a tutti.'

'Be', che se li tenga stretti i suoi lati nascosti.'

'Ci conosciamo da una vita, è una persona speciale.'

'Se lo dici tu, adesso devo lasciarti. A dopo.'

Indosso l'abito corto aderente che mi lascia la schiena completamente nuda, infilo i sandali argentati, che inevitabilmente mi stanno stretti, e corro verso il truccatore che si è liberato. Lui scruta il mio viso ma non fa commenti; per fortuna non c'è Patty, altrimenti mi avrebbe fatto a pezzi. Armeggia con creme, fondotinta e terre varie mentre scherza con gli altri dello staff. Oggi c'è un nuovo ragazzo da prendere in giro. L'aria che si respira dietro le quinte è solitamente piacevole, si scherza, si parla a voce alta e si raccontano fatti e aneddoti sulle persone conosciute o sulle varie sfilate. Quando arriva lo stilista, però, l'atmosfera cambia, cresce la tensione e il vociferare diventa più un bisbiglio diffuso. Questo perché spesso sono nervosi, agitati e si aggirano controllando che ogni cosa stia andando come dovrebbe. Il mondo della moda è particolare, spesso stravagante, popolato da persone creative, eccentriche o comunque fuori dall'ordinario. Puoi trovare chi si avvicina e ti coccola come una figlia o chi ti tratta con sufficienza oppure addirittura come un manichino.

Le prime volte ero sempre imbarazzata a girare seminuda per il backstage, anche se nessuno sembrava farci caso ero perennemente a disagio, tanto che un giorno mi sono comprata dei boxer e una canottiera da indossare apposta durante la preparazione.

«Sei riuscita a fare quello che dovevi?» chiede Olly, avvicinandosi.

«Sì, anche se mi sono presa una tirata d'orecchie dal cerbero» rispondo, riferendomi all'assistente.

La mia amica ride e osservo la sua figura slanciata e la massa di capelli rosso fuoco che le ricade a ciocche sulle spalle. È molto bella e particolare e l'abito corto verde svasato le dona particolarmente.

«Scusami per ieri sera» dice.

«Per cosa?»

«Daniela mi ha detto che ti piace Francesco, il fotografo. Mi potevi avvisare.»

«Non ti preoccupare, non ho il cuore spezzato, penso solo che sia un figo.»

Olly ride e manda indietro la testa.

«Allora non ti dispiace se mi ci faccio una storia?»

Giro la testa di lato e la guardo negli occhi.

«Non c'è problema.»

Quando Olly si allontana, chiudo gli occhi e lascio che il truccatore finisca il suo lavoro. Sento il sonno farsi strada dentro di me e lentamente vengo risucchiata nell'oblio.

La settimana passa velocemente, lasciandomi sempre

più stanca e affaticata. Rimanere dieci ore di fila in piedi, cambiando abito, acconciatura e trucco è estenuante. Certo, lo sopporterei meglio se potessi indossare delle scarpe della mia misura: porto il quarantuno ma, a quanto pare, nella moda non sono previsti numeri più grandi del trentotto. Ora, finché infilo un sandalo aperto va bene ma quando devo mettere una décolleté tacco dodici o quindici, le cose si complicano. Se poi questo supplizio bisogna sopportarlo per una giornata intera sono guai: alla terza, quarta ora, i piedi iniziano a dare in escandescenze e quando arrivi alla settima c'è addirittura il rischio di collassare. Dopo anni di sofferenze ho trovato un rimedio per affrontare meglio questa tortura; tra un'uscita e l'altra immergo i piedi a bagno in un catino con dei prodotti rilassanti ed emollienti, che ho comprato in erboristeria. Sono meglio di un massaggio. Ovviamente sono oggetto di scherno da parte di molte colleghe ma, se voglio continuare a fare questo lavoro, devo pur trovare un sistema per sopravvivere. A volte mi chiedo come faccio, anche se conosco già la risposta: sono tenace, testarda e questo lavoro mi piace talmente tanto che sarei disposta ad altri sacrifici pur di andare avanti.

Indosso dei pantaloncini, una vecchia canottiera, infilo le infradito, senza un filo di trucco mi copro il viso con un paio di occhiali da sole e scendo fino al supermercato. Butto alla rinfusa un po' di cose commestibili nel carrello sapendo già che le mie amiche avranno da ridire sulle scelte, ma mi sento a pezzi. Quando ormai ho poggiato il cibo sul nastro, infilo le mani nelle tasche e guardo la cassiera imbarazzata.

«Ho dimenticato di prendere i soldi» dico, rossa in volto.

Lei mi guarda sprezzante, finalmente si può vendicare del fatto che la mia sola presenza la fa sentire ancora più brutta e grassa di quello che è.

«Annullo?»

«Me li può tenere mentre vado a prenderli a casa?»

Lei sbuffa e in quel momento arriva un altro tizio.

«Che succede?»

Prima che lei possa dire qualcosa, spiego la situazione.

«Non si preoccupi, può capitare» risponde gentilmente e me li fa rimettere nel carrello.

«Storna lo scontrino» continua rivolto alla cassiera che, in compenso, vorrebbe uccidermi.

Corro fino a casa ma quando arrivo davanti al civico, mi rendo conto di non avere preso neanche le chiavi. Sconvolta, sto per piangere dalla frustrazione. Non ci sono neanche le mie amiche! Come ho fatto a essere tanto sbadata?

Chiamo Daniela.

«Pensavo che la più distratta fossi io. Sto andando con Olly a fare un provino proprio ora, dovremmo liberarci per le dodici, resisti!»

Guardo l'orologio, appena le nove e il tempo promette pioggia; non posso aspettare tre ore vestita in questo modo e senza soldi. Provo a chiamare Benedicte e le propongo una colazione insieme.

«Potremmo andare anche a farci un bel massaggio in quel nuovo posto che hanno aperto in centro, sempre se paghi tu, ovviamente.»

Ci conosciamo da talmente tanto tempo che mi posso permettere di dirle una cosa del genere, sa per certo che i soldi glieli darei indietro alla prima occasione.

«Sono all'atelier di Chanel per un fitting e non mi libero prima delle due. Facciamo dopo?»

«Nel pomeriggio devo fare degli scatti per la copertina di una rivista. Stasera invece, che programmi hai?»

«Cena con l'agenzia, non ricordi?»

Me ne ero completamente dimenticata, sono messa male.

La saluto e come ultima spiaggia chiamo Luca.

«Ho lezione tra dieci minuti, Sofi, non posso venire.»

Possibile che stamattina hanno tutti da fare?

«Ti prego, ti prego, non posso rimanere per strada ancora per molto, sento anche freddo.»

«Chiamo Giulio e sento se è in casa.»

Ho un brutto presentimento.

«Chi è, un tuo amico?»

«Il ragazzo che vive con me.»
«No, no e poi no. Lui non lo voglio.»
Mentre lo dico, mi sento ridicola.
«Preferisci rimanere per strada?»
Prendo seriamente in considerazione l'idea ma capisco da sola l'assurdità della cosa.
«Possibile che di tante persone che conosci, devi chiamare proprio quello strano personaggio del tuo coinquilino?»
Lo sento ridacchiare.
«Neanche a farlo apposta. A volte il destino è beffardo, vero, Sofi?»
Non rispondo, vorrei ucciderlo, lo so che si sta divertendo da morire.
Dopo averci parlato, mi richiama.
«Ragazza fortunata, ti aspetta al portone per pagare il taxi.»
«E con la spesa come facciamo?»
«Arrangiati. A proposito...»
«Sì» dico.
«Giulio era euforico all'idea di rivederti.»
Lo odio quando fa così. Vorrei morire piuttosto che dover di nuovo subire il suo atteggiamento arrogante, provo a pensare a qualche alternativa ma alla fine mi rassegno e, sconsolata, torno al supermercato, rimetto in ordine i prodotti che ho lasciato nel carrello e chiamo il taxi.
Quando l'auto accosta, Giulio, con la solita maglia informe e i pantaloni della tuta, gli stessi della volta precedente, mi sta già aspettando al portone. I suoi capelli sembrano passati da poco nella centrifuga e gli occhiali nascondono uno sguardo da sonno. Apro lo sportello sfoderando un sorriso amichevole, lui bofonchia qualcosa che dovrebbe essere un saluto, paga il tassista e, senza aggiungere altro, torna indietro.
Vorrei fare un commento piccante ma mi mordo la lingua.
«Ti ho svegliato, per caso?» chiedo invece.
«Sì.»
«Dormi sempre fino a tardi?»

Giulio si ferma di scatto e gli finisco addosso; indietreggio e per poco non perdo l'equilibrio.

«Mio dio, sei una calamità naturale. A che ora hai detto ti passano a prendere?»

Il sangue mi arriva veloce al cervello.

«Ti gira sempre storto quando ti svegli?»

«Sì, se è per colpa di un pericolo pubblico come te.»

«Ascolta, io non c'entro niente, prenditela con Luca, lui ti ha voluto coinvolgere.»

«Di solito tra amici si fa così, ci si aiuta a vicenda, se fosse dipeso solo da me, saresti rimasta per strada tutto il giorno.»

«Questo perché sei un cafone.»

«E tu una ragazzina viziata!»

Giulio apre la porta di casa e butta le chiavi sul tavolo.

«Fai come se fossi a casa tua, tanto la conosci bene, immagino. Cerca di non dare fuoco o allagare casa, non verrei a salvarti.»

Senza aspettare risposta si chiude la porta della sua camera alle spalle.

Nervosa, vado in cucina e apro il frigo, deserto a parte un limone rinsecchito e un paio di bottiglie di birra. Cerco qualcosa nella dispensa ma non trovo niente di commestibile. Ho bisogno di mettere qualcosa sotto ai denti, sono affamata e irritata. Insofferente entro in camera di Luca, trovo dei crackers sul comodino, li apro e mi butto sul letto accendendo l'iPad. Dopo poco però, annoiata, lo spengo, torno in salone e mi distendo sul divano. Prendo il libro lasciato a terra, *Il signore delle mosche* di William Golding, mi metto a leggerlo ma dopo poche pagine, anche se la storia sembra interessante, la stanchezza accumulata negli ultimi giorni si fa sentire e mi addormento.

Dei rumori mi svegliano, mi giro su un fianco e sento una voce provenire dalla cucina; Giulio si deve essere alzato e sta parlando al telefono. Mi tiro su dal divano e vado verso la finestra, cercando di ricompormi. Mi sento ancora uno straccio.

«Va bene, ci vediamo a pranzo» dice ancora e poi più nulla. Faccio uno sbadiglio e mi sistemo i capelli, continuando a guardare fuori.

«Nessuno ti ha insegnato a non prendere le cose degli altri?»

Mi giro di scatto, pronta a sbranarlo ma le parole mi muoiono in gola. Rimango immobile a fissare la persona che mi sta di fronte. Il cervello sembra paralizzato e per qualche secondo lo osservo come se fosse un alieno apparsomi davanti. Cos'è, uno scherzo? Devo avere le allucinazioni. Sbatto le palpebre un paio di volte e poi torno a guardarlo: non può essere vero, sicuramente ci deve essere stato uno scambio di persona.

«Non ti hanno neanche insegnato a rispondere alle domande?»

No, è proprio lui, non c'è dubbio. La voce bassa e irritata corrisponde proprio a quella di Giulio, il coinquilino di Luca.

Respiro a fondo e mi concedo alcuni minuti per guardarlo meglio.

Quello che troneggia davanti a me è un ragazzo alto, con una maglia aderente e dei pantaloncini corti che lasciano intravedere una muscolatura asciutta e atletica. Ma quello che mi sconvolge più di tutti è il viso: mascella squadrata, occhi grigi leggermente allungati e capelli bagnati, appena mossi. Gli occhiali e l'aria trasandata sono completamente scomparsi.

Confusa, non riesco a smettere di guardarlo.

«Sei andato a correre?»

Giulio alza gli occhi al cielo e si gira per andarsene. Solo allora mi ricordo della domanda e cerco di recuperare.

«Scusami, non pensavo fosse tuo, avevo cominciato a leggerlo poi mi sono addormentata.»

«Me ne sono accorto» risponde, sarcastico.

«Ho accumulato giorni e giorni di stanchezza, è stata una settimana dura.»

«Troppi eccessi, forse?» chiede con una punta di sarcasmo.

Indurisco la mascella, infastidita dalle sue insinuazioni.

«Forse, ma non sono affari tuoi» rispondo, alzando un sopracciglio.

«Sicuramente» dice e si dirige verso la sua camera.

Istintivamente gli corro dietro e, prima che scompaia, gli blocco la strada.

«Scusa se a volte posso sembrare un po' scortese, volevo ringraziarti per avermi aiutato tutte e due le volte» dico, sorridendo.

Giulio socchiude gli occhi.

«Scortese è un eufemismo» risponde.

«Okay, a volte posso essere antipatica.»

Mi guarda.

«Anche esagerata.»

Continua a fissarmi.

«Oppure casinista.»

In silenzio.

«O eccessiva.»

Non muove un muscolo.

«Però, ho anche molte qualità.»

Giulio alza un sopracciglio.

«Ci stai provando, per caso?»

«Sei fuori di testa?» dico, allontanandomi.

«Vado a fare la doccia.»

«Non penso che mi trovi quando torni.»

«Fai come credi, comunque mi devi i soldi del taxi.»

«Li do a Luca, non ti preoccupare» rispondo, piccata.

«Ti sei dimenticata di dire viziata, tra i tuoi difetti.»

La porta si chiude prima che abbia il tempo di rispondere a tono.

Furiosa, infilo gli occhiali da sole e me ne vado sbattendo la porta di casa.

Tre del pomeriggio. Sono sul set fotografico per la copertina della rivista Glamour. Indosso un completo maschile con un cappello Borsalino da cui fuoriesce un ciuffo che mi copre parte della fronte. Il truccatore mi ha messo un rossetto rosso vermiglio e con l'eyeliner ha reso i miei occhi ancora più scuri e profondi. Mi siedo su uno sgabello di tre quarti e poggio le mani tra le gambe aperte, sorridendo.

«Devi essere più maliziosa e spiritosa, in contrasto con il tuo abito» dice il fotografo, girandomi intorno.

Sposta le luci direzionandole su un altro lato e inizia a scattare.

«Muoviti leggermente, brava, così. Adesso, accavalla le gambe e tocca il cappello.»

Cambio espressione e lascio che la sua voce mi guidi. Sono contenta di questo servizio, la copertina di una rivista di moda è sempre utile per arricchire il portfolio.

«Adesso guarda dritto nell'obiettivo e assumi un'espressione meravigliata.»

Eseguo.

«Ora arrabbiata.»

Cambio velocemente.

«Togli il cappello e ridi mandando indietro il viso.»

Continuiamo così per un'altra ora, poi cambio l'abito e indosso una gonna lunga con uno spacco laterale. Sopra ho un top corto con una lunga collana attorcigliata un paio di volte. Ai piedi un paio di sandali alla schiava, stranamente della mia misura. Il parrucchiere mi spettina i capelli mentre il truccatore, dopo avermi tolto il rossetto, passa solo un gloss rosa pallido.

Il fotografo, quando torno davanti a lui, ha cambiato umore, lo vedo da come si muove. Cerco di non farmi condizionare dal suo nervosismo ma non è facile. Impartisce ordini come fossi diventata una bambola che deve soddisfare le sue richieste.

«Più naturale Sofia, devi apparire il più naturale possibile.»

Faccio un paio di respiri profondi e penso ad altro. Mi viene in mente quando mi sono presentata al corso di portamento, non sapendo bene cosa ci facessi. I miei amici dicevano che ero adatta a fare la modella ma io mi sentivo brutta e goffa. Alla fine mi ero lasciata convincere da mia madre, quando aveva sostenuto che sarebbe stata un'occasione per vincere le insicurezze e il complesso dell'altezza.

Non è facile crescere sentendoti sempre fuori posto, ovunque vai. Il primo giorno di scuola entri in classe e la maestra ti fa sedere all'ultimo banco perché altrimenti copri i compagni, vai a una festa e nessuno vuole ballare con te. Sul tema fidanzati poi neanche a parlarne: impensabile avere una storia con un coetaneo, deve avere cinque o sei anni più di te perché speri di non guardarlo dall'alto in basso.

L'unico posto dove non ho mai sentito il problema è casa mia: lì siamo tutti alti a cominciare da mio padre, uno e novanta, poi c'è mia madre, con il suo metro e settantacinque, e infine i fratelli che superano abbondantemente il metro e ottantatré.

Per anni ho sognato di alzarmi la mattina con dieci centimetri in meno, ma il mio desiderio non è mai stato esaudito. Anzi, ogni anno aumentava sempre più la distanza dai miei amici tanto che mia madre, dopo una disastrosa esperienza con la danza, mi ha iscritto a pallavolo. Qui, le cose sono andate meglio ma quando lo studio è diventato più impegnativo, non sono riuscita a conciliare gli allenamenti con i compiti di scuola. Così è arrivata l'idea del corso di portamento, una soluzione poco impegnativa che mi tenesse occupata senza troppo stress.

Non ho mai creduto potesse diventare un vero lavoro, primo perché sono una persona diffidente, secondo perché non mi piaceva l'ambiente della scuola, c'erano troppe ragazze pronte a tutto pur di apparire, diventare famose, guadagnare soldi facili.

Poi, però, sono arrivate le offerte dagli stilisti, le agenzie, i cataloghi di moda, e la mia altezza da che era un difetto è diventata un pregio. È scomparsa la timidezza, l'imbarazzo, ed è uscita fuori la parte più intraprendente di me, quella a cui piaceva sfilare, indossare vestiti strani, essere ogni volta qualcuno di nuovo, insolito, bizzarro.

«Abbiamo finito, ragazza» mi dice il fotografo, facendomi tornare al presente.

Contenta, saluto, mi rimetto gli abiti da ragazza comune e torno a casa. Trovo Daniela e Olly che mi aspettano distese per terra, accanto al divano.

«Eccoti finalmente, vieni qui con noi. Vuoi qualcosa da mangiare?»

Guardo le patatine e le noccioline che stanno sgranocchiando e stancamente mi metto in mezzo a loro.

«Devo andare a fare una doccia, sono sudata e i capelli sembrano stoppa.»

«Quello è veramente un problema, non capisco come non si sono ancora inventati qualche prodotto che li faccia rimanere in piega senza rovinarli» dice Olly.

«Che ne dite se cambio colore e li faccio rossicci?»

Le mie amiche mi guardano.

«Mmh, per me ci staresti male, li farei allungare invece» dice Daniela.

«Non mi dispiacciono corti e ad Armani piace il mio aspetto mascolino. Anzi, per lui ho anche troppo seno, quando sfilo con i suoi abiti, mi fascia ben stretta per eliminarlo completamente.»

«Anche Valentino lo fa» dice Daniela. «A proposito, non ci hai raccontato com'è andata stamattina con l'occhialuto.»

«Di chi parli?» chiedo.

«L'amico di Luca.»

Scatto in piedi e mi metto di fronte a loro con le mani davanti al viso.

«Dio, ragazze, questa mi sono dimenticata di dirvela. Ho scoperto che è uno strafigo pazzesco, ha un fisico da fare invidia a Kellan Lutz. Per poco non gli saltavo addosso!»

Racconto per filo e per segno quello che ho visto, soffermandomi sui dettagli del suo aspetto in modo talmente realistico che le ragazze si entusiasmano e chiedono ulteriori particolari.

«Peccato che è uno stronzo pazzesco, mi crede una ragazzina viziata» concludo, tornando a sedermi accanto a loro. Le mie amiche si scambiano un'occhiata e ridacchiano.

«Che c'è?»

«Non ha tutti i torti, non ti sei comportata molto bene con lui già dalla prima volta.»

Sospiro, hanno ragione.

«Stamattina gli ho chiesto scusa, ma mi ha guardato come se vedesse una gallina nel pollaio.»

«Non ha tutti i torti, ti ha dovuto anche pagare il taxi.»

«Insomma, ragazze, adesso vi ci mettete anche voi? Cos'avrei dovuto fare? Io ho chiamato Luca, mica lui.»

«Allora fatti perdonare, fagli un regalo.»

«Sei fuori? Oggi, dopo che ho provato a essere più simpatica, mi ha chiesto se ci stavo provando. Per me è uno psicopatico.»

Loro scoppiano a ridere.

«Dimostragli chi sei veramente.»

«Perché mai?»

«Ho la sensazione che non ti dispiaccia affatto» mi prende in giro Olly.

«Vado a fare la doccia.»

Le sento ridere mentre lascio la stanza.

Non ho bisogno di correre dietro a nessuno, meno che mai a un personaggio tanto strano, che se la tira come se fosse meglio di me. No, proprio no.

Sono alla cena dell'agenzia, in un ristorante in centro. Ci sono Benedicte e altre modelle con cui spesso sfilo. Anche se oggi sarei rimasta volentieri a casa, cerco di rilassarmi e parlo con loro. Ci sono alcuni grossi clienti di un paio di agenzie di pubblicità con cui lavoriamo frequentemente. Mentre bevo un bicchiere di vino bianco, la porta del locale si apre ed entrano un paio di signori di mezza età; li osservo, uomini con dei classici completi scuri, i capelli brizzolati, la pancia prominente. Si guardano intorno e appena individuano il nostro tavolo, sorridono e si avvicinano. Quando sono quasi arrivati, uno dei due si sfila di nascosto la fede che porta al dito e io, infastidita, mi giro da un'altra parte, bevo un sorso dal mio bicchiere e mi chiedo perché hanno bisogno di fingere di essere qualcosa di diverso, non riesco a capirlo, pensano forse che siamo tanto ingenue per via della nostra età da non sapere cosa vogliono?

Ignorandoli volutamente, mi metto a parlare con il mio

agente, un ragazzo simpatico che ha un debole per me, ma tra le mie tante regole c'è anche quella di non avere storie con chi ti procura il lavoro.

«Dopodomani devi partire per la Spagna, per un catalogo di pellicce: vai a Barcellona. Più tardi ti mando il programma dettagliato.»

«Quanto rimango?»

«Tre giorni. Il viaggio di rientro è di nuovo su Milano, devi fare una pubblicità per Chanel.»

«Non c'è problema, spero solo che non mi hai prenotato un volo all'alba.»

«So che non ti piace partire presto. Alle dieci di mattina, può andare?»

«Sei un angelo, Federico.»

«Finalmente te ne sei accorta, allora che ne pensi di accettare il mio invito a cena?»

«Ho già accettato, non stiamo forse mangiando insieme?»

«Spiritosa.»

Gli sorrido amichevolmente.

«Quando hai due fratelli grandi e grossi devi per forza affinare le armi per non soccombere, e l'ironia è molto utile, come l'arguzia!»

Federico si rassegna, almeno per il momento.

«Che lavoro fanno?»

«Gli mancano pochi esami per finire l'università, si sono iscritti entrambi a Fisica.»

«Scelta difficile, non credo abbiano molta possibilità di lavoro in Italia.»

«Infatti, vogliono fare un master all'estero.»

«E tu, che farai da grande?»

«Avvocato penalista.»

Federico mi guarda sorpreso.

«L'hai detto con una convinzione che non mi aspettavo, stavo scherzando. Non ti piacerebbe continuare in questo ambiente?»

«Nella moda, intendi? Non lo so, da quello che vedo il nostro lavoro va più veloce di una stella cometa. Voglio crearmi delle alternative nel caso tutto questo successo dovesse finire presto. Perché la storia insegna questo, giusto?»

Federico sorride, condividendo in parte la mia visione.

Le modelle vanno di moda come i vestiti, un periodo sei super richiesta e un altro c'è bisogno di aria nuova. È anche vero, sostiene Federico, che se t'inserisci bene in certi ambienti, puoi continuare a lavorare a lungo, perché oramai non esiste solo la moda per le ragazze giovani, esistono collezioni per tutte le fasce d'età. Certo, non puoi più sfilare per l'alta moda ma puoi anche fare servizi fotografici e campagne pubblicitarie per creme, profumi o borse fino ad aver compiuto cinquant'anni.

«Hai presente quella modella con i capelli bianchi che è tornata a essere famosa quando ormai aveva dei nipotini? È Yasmina Rossi. La verità è che non ci sono più regole ben definite.»

Continuiamo a parlare fino a che ci rendiamo conto che le altre persone si sono alzate e se ne stanno per andare via. Vogliono spostarsi in un locale. Ci alziamo anche noi e usciamo dal ristorante. Federico mi chiede se voglio unirmi a loro ma non mi piace l'aria che si è creata, così saluto e chiamo un taxi dileguandomi velocemente. In realtà la stanchezza è scomparsa e non ho voglia di tornare subito a casa. Scrivo a Luca.

'Sono in un locale a bere qualcosa da solo, mi raggiungi?'

'Mi devo preoccupare?'

'Una ragazza ha disdetto all'ultimo momento.'

Dieci minuti dopo sono seduta di fronte a lui.

«Wow, sei in tiro stasera, da dove vieni?»

Gli racconto della cena.

«Dobbiamo andare in qualche locale, non posso perdere l'occasione di farmi vedere in giro con te, vestita come se fossi appena uscita da una sfilata.»

Ridacchio. In effetti, stasera indosso un vestito sbracciato color crema che è particolarmente sexy. Non so bene perché ho deciso per questo, forse mi volevo sentire più femminile del solito. Accavallo le gambe di lato: con i tacchi alti sembrano ancora più lunghe.

«Dipende, cosa mi proponi?»
«Alcuni amici dell'università sono in una discoteca sui navigli, li raggiungiamo?»
Conosco il genere.
«Magari un'altra sera, ma se vuoi andare non mi offendo.»
Luca sorride appena e chiama il cameriere.
«Cosa prendi, il solito Mojito?»
«Uno Spritz, stasera sono in vena di cambiamenti.»
«Come mai?»
«Sono una persona volubile.»
«Bugie.»
Sorrido e cambio argomento.
«Dopodomani parto per Barcellona, perché non mi accompagni? Potremmo divertirci.»
Il mio amico beve un sorso dal suo bicchiere.
«Proposta allettante, ma dormiamo in camera insieme?»
Scoppio a ridere e gli prendo la mano.
«Stai attento, altrimenti uno di questi giorni potrei anche accettare l'offerta.»
Luca finisce di bere senza scomporsi.
«Quando vuoi, ragazza, io non ho paura. Lo sai che mi piacciono le sfide.»
«Lo dici solo perché sai che alla fine non lo vogliamo nessuno dei due, abbiamo troppo da perdere.»
Nei suoi occhi passa uno strano luccichio. Sembra riflettere seriamente sulle mie parole e per un momento mi preoccupo, poi capisco: è ubriaco. Come ho fatto a non rendermene conto?
«Quanti bicchieri hai bevuto?»
«Ho perso il conto.»
Gli stringo la mano con maggiore forza.
«Cosa ti è successo?»
«Roba strappalacrime, non voglio annoiarti.»
«Lo sai che su di me puoi contare, vero, Luca?» chiedo, improvvisamente preoccupata.
Lui rimane a guardarmi con lo sguardo alterato.
«È per via della ragazza con cui dovevi vederti?»

Luca non risponde subito, continua a guardarmi con gli occhi assenti.

«Posso farle una telefonatina, se vuoi.»

Lui ridacchia.

«Ne saresti capace, sai essere una strega.»

«Posso anche sferrarle un paio di pugni sul naso, se ti fa sentire meglio.»

Adesso ha le lacrime agli occhi.

«Sarebbe veramente divertente» dice, e chiama di nuovo il cameriere, ma faccio un segno al tipo, che capisce e torna indietro.

«Andiamo, ti accompagno a casa.»

Luca prova a protestare ma non gli lascio alternative, pago il conto e mi faccio dire dove ha lasciato la macchina. Venti minuti dopo parcheggio sotto casa sua ma Luca si è addormentato. Provo a svegliarlo in tutti i modi ma, a parte biascicare qualche frase sconnessa capisco che non è assolutamente in grado di fare altro, men che mai camminare. Rimango ferma con le mani sul volante, cercando di pensare a un'alternativa. Guardo Luca che dorme appoggiato al finestrino e alla fine, imprecando, scendo dall'auto, apro dal suo lato e lo colpisco in viso con un paio di schiaffi. Riesco a svegliarlo quel tanto che basta per farlo arrivare fino al portone. Infilo le chiavi e facendo uno sforzo enorme lo trascino verso l'ascensore. Soddisfatta spingo il pulsante ma perdo la presa e Luca scivola a terra.

«No, no, no. Adesso non ce la farò più ad alzarti» dico sconsolata, odiandolo.

Apro le porte e impiego un'eternità a trascinarlo dentro. Mentre saliamo, appoggio la fronte madida di sudore alla parete per riprendere fiato, ho i capelli incollati al viso e il vestito mi si è attaccato alla pelle. Vorrei solo buttarmi su un letto e dormire.

Dopo un tempo che mi sembra infinito, lo tiro fino alla porta, apro e capisco che non c'è nessuno. Felice di non dover subire anche l'umiliazione di incontrare Giulio, accendo la luce dell'ingresso; maledicendo il mio amico lo afferro dalle spalle e facendo piccoli passi riesco a spostarlo quel tanto che basta a chiudere la porta. Mi lascio cadere accanto a lui, stravolta. Lo so che dovrei portarlo fino in camera sua, ma sono troppo stanca, sicuramente lo aiuterà il suo amico, appena lo vedrà disteso qui.

Lascio le chiavi della macchina e quelle di casa accanto a lui, apro di nuovo la porta e chi mi trovo a ostruirmi il passaggio? Proprio lui, il mio peggior nemico: Giulio.

Trattengo a stento un urlo ma non mi muovo.

Lui mi squadra da capo a piedi e per la prima volta nella mia vita, mi sento nuda sotto quel microscopico vestito aderente che mi lascia braccia e gambe scoperte.

Vorrei sorridere ma mi sento in condizioni pietose.

«Ciao.»

Lui continua a fissarmi come se fossi un fantasma.

«Mi lasci passare?» chiede, ignorando il mio saluto.

«Devo prima dirti una cosa» balbetto.

Lui inarca un sopracciglio e socchiude gli occhi.

«Non vorrei che pensassi male, ma ecco, insomma...»

Vedo i suoi occhi grigi socchiudersi ancora di più.

«Non m'interessa cosa sei venuta a fare. Fammi passare altrimenti ti sposto di peso.»

«Okay, okay. Luca ha bevuto troppo e...»

Giulio non mi lascia finire e mi spinge indietro. Mi sposto di lato, sconfitta.

Il corpo di Luca giace disteso davanti a noi.

«Ma che diavolo...»

«Non è niente, si è solo addormentato» mi affretto a dire, toccandolo sul braccio.

Lui mi fulmina con lo sguardo e si scansa.

«Era ubriaco, sono stata costretta ad accompagnarlo.»

«Però lo stavi lasciando disteso sul pavimento.»

«È stato faticoso portarlo fin qui da sola.»

«Come hai fatto?»

«L'ho trascinato.»

Giulio guarda prima il mio amico poi me, e alla fine scoppia a ridere, passandosi una mano tra i capelli.

«Voi siete due svitati, se avessi saputo a cosa andavo incontro, non avrei mai preso questa stanza.»

«Non è come pensi, noi siamo solo amici e Luca è una persona stupenda.»

«Non m'interessa cosa siete o fate, non sono affari miei. Aiutami a portarlo in camera da letto.»

Dieci minuti dopo, Luca dorme placidamente tra le lenzuola e io mi siedo sul divano, stravolta.

«Sei sicura di farcela a tornare a casa?» chiede Giulio.

Osservo il viso, gli zigomi pronunciati e mi lascio catturare dai suoi occhi grigi. Sento il corpo risvegliarsi nonostante la stanchezza.

«In verità non tanto, non pensavo fosse tanto faticoso spostare un corpo addormentato.»

«È tardi, dormi con lui.»

Lo guardo meravigliata, cosa è successo al sarcasmo?

Lui sembra leggermi nel pensiero e abbozza un sorriso divertito. L'istinto mi dice di alzarmi e andarmene da quella casa prima che commetta qualche stupidaggine. Ovviamente ignoro il buonsenso.

«Hai ragione, dormo qui ma sul divano.»

Mi alzo e lascio che il vestito salga lungo la coscia.

Per un momento scorgo uno sguardo diverso nei suoi occhi, poi s'incupiscono di nuovo.

«Lo fai apposta?»

Cammino volutamente nella direzione opposta alla sua e mi fermo davanti alla finestra. Fuori s'intravedono i fari delle macchine che passano veloci. La stanchezza è scomparsa, lasciando il posto a un desiderio irrefrenabile di stuzzicarlo. I miei sensi sono tornati vigili, sento l'elettricità attraversare la stanza e il fiuto mi dice che qualcosa è cambiato tra noi. Inalo l'aria e un leggero sorrisetto soddisfatto m'increspa gli angoli delle labbra.

«A fare cosa?» chiedo, girandomi e guardandolo con aria innocente.

«Andare in giro vestita in quel modo.»

«Ti crea qualche problema, forse?»

Giulio sta per dire qualcosa ma poi cambia idea.

«Buonanotte» sussurra e se ne va in camera sua.

Delusa, raggiungo la camera di Luca, prendo delle lenzuola pulite e cerco una maglietta per la notte. Dopo mezz'ora e una bella doccia calda, mi butto sul divano e mi addormento all'istante.

Sono svegliata da uno strano rumore, affino l'udito e capisco che è la voce di Luca che parla nel sonno. Provo a dormire di nuovo ma ormai sono sveglia. Irrequieta mi giro e rigiro sul divano finché mi alzo anche se sono solo le quattro del mattino. Mi trascino fino in cucina e cerco qualcosa da bere. Dopo essermi dissetata con un bicchiere d'acqua fredda, passo davanti alla camera di Giulio e la trovo aperta. Curiosa, sarei tentata di entrare ma mi manca il coraggio. Cerco di sentire dove potrebbe essere ma il silenzio è assoluto. Insoddisfatta, proseguo verso il salone ma mi accorgo tardi di Giulio che arriva dalla direzione opposta, gli vado a sbattere contro e lui mi afferra per non farmi cadere.

«Cosa ci fai in giro per casa a quest'ora, sei per caso sonnambula?» mi apostrofa, duro.

Il suo contatto mi confonde e indietreggio agitata.

«Sei sgarbato con tutti o solo con me?»

Lui abbassa il tono della voce senza lasciarmi passare.

«Pensi di essere tanto importante?»

Sento il sangue scorrere più veloce e ho le guance infuocate. Com'è possibile reagire in questo modo di fronte a una persona che ti disprezza? Ringrazio che siamo al buio e muovo qualche passo per mettere spazio tra di noi. C'è qualcosa che lo rende irresistibile. Sento un crampo allo stomaco e premo con forza le mani sul ventre per cercare di calmare il nervoso. Vorrei fuggire ma anche stringermi a lui.

«No, ho solo la sensazione che non sei come vuoi apparire.»

«E come sarei?»

Mi mordo un labbro mentre lui fa un passo verso di me, senza toccarmi. Basterebbe allungare una mano e passare il polpastrello sul suo braccio, sul bicipite, il torace. Il mio corpo si tende anelando quel contatto che mi viene negato.

«Perché porti quegli occhiali improbabili?» chiedo cercando di riprendere il controllo di me.

Lo sento passarsi una mano sui capelli e istintivamente alzo un braccio per toccarlo, ma all'ultimo minuto mi manca il coraggio.

Se provassi a baciarlo cosa farebbe, mi respingerebbe in malo modo? Più mi allontana e più lo desidero. Al buio le mie pupille si dilatano cercando di vederlo meglio.

Giulio al contrario sembra insensibile alla mia presenza e questa cosa accresce il desiderio che ho di lui.

«Sono miope» risponde, laconico.

«E poi, cos'altro sei?» chiedo con voce roca, avvicinandomi appena.

«Perché non torni a letto?»

«Mi è passato il sonno.»

«Posso prestarti il libro che l'altro giorno mi hai mezzo distrutto.»

«Non ora» dico, all'improvviso audace.

Sento che sto facendo vacillare le sue difese.

Giulio si appoggia al muro dietro di lui, mettendo nuovo spazio tra di noi.

«Non capisco perché ti sono tanto antipatica.»

«Non l'ho mai detto» risponde.

«Però non ti piaccio.»

Silenzio.

«Non sei abituata ai rifiuti, mi sembra di capire.»

Ammetto che non mi succede spesso, ma non posso certo dirglielo.

«Lo sai che non mi hai mai chiesto come mi chiamo, Giulio?»

«Forse perché non m'interessa conoscere una delle tante fidanzate di Luca.»

Sorrido ignorando il commento, e decido di giocarmi il tutto per tutto.

Accendo la luce del corridoio e allungo una mano.

«Piacere, sono Sofia.»

Giulio con uno scatto mi afferra la mano e mi attira a sé.

«Cosa vuoi da me, Sofia?» mi sussurra sulle labbra.

Trattengo il fiato e aspetto, ma non succede niente. Gli accarezzo una guancia e lo sento irrigidirsi.

«Che ripartiamo da zero, forse?»

«Perché?»

Già, perché? Mi passo la lingua sulle labbra secche e deglutisco mentre immagino la sua mano sulla mia schiena.

«Penso che siamo partiti con il piede sbagliato.»

«Tu dici?»

Intreccio la mia mano nella sua, mentre con l'altra passo il dito sul suo braccio. Giulio per risposta mi spinge contro il muro di fronte e mi blocca con le braccia.

«Non sei il mio tipo, Sofia» risponde, facendomi venire voglia di urlare.

«Come fai a dirlo?»

«Sei viziata, capricciosa, opportunista. Tratti le persone come se fossero al tuo servizio, usi la tua bellezza per provocare ogni ragazzo che incontri. Adesso sei qui solo perché non mi sto prestando ai tuoi giochetti.»

Ammutolita, provo a spingerlo con forza lontano da me, ma Giulio non si sposta di un millimetro.

«Non sono come mi descrivi. Come ti permetti?»

Lui per tutta risposta mi prende in braccio, oltrepassa la soglia della sua camera, chiude la porta e mi fa cadere sul letto senza tante cerimonie.

«Era questo che volevi fin dall'inizio, giusto? Provocarmi. Ebbene, adesso sono qui, hai vinto, prenditi il premio.»

Ammutolita, lo guardo sfilarsi la maglia e rimanere fermo davanti a me. Tutta la sicurezza di prima scompare all'istante lasciandomi insicura e confusa. *Che mi succede, non è questo quello che volevo?* Mi alzo, ma Giulio si avvicina e infila le mani sotto la mia maglietta, togliendola con un semplice gesto. Siamo uno di fronte all'altra e ci fissiamo; allungo una mano per toccargli il viso ma Giulio la toglie, mi spinge sul letto e mi bacia il ventre. Rabbrividisco e istintivamente lo attiro a me premendo le labbra contro le sue; mi scappa un leggero lamento mentre dischiudo la bocca, sentendomi morire. Chiudo gli occhi e aderisco meglio al suo corpo muscoloso ma Giulio, invece di ricambiare l'abbraccio, mi allontana le mani. Vorrei urlare il suo nome ma mi sento come paralizzata, manca qualcosa tra di noi, non sento la sintonia che vorrei. Cerco di non lasciarmi sopraffare dall'ansia e gli mordo un labbro. Giulio si allontana guardandomi appena. Imbarazzata, provo a lasciarmi andare alle emozioni che però si sono nascoste dietro il disagio e l'insicurezza.

All'improvviso capisco che non voglio farlo in questo modo, non così. Ho bisogno di sentire che mi desidera, che mi vuole baciare, stringere tra le sue braccia perché gli piaccio sul serio. Non m'interessa il premio, voglio sentirmi speciale, unica. La cosa assurda è che nonostante non ci conosciamo affatto, sento che dietro la sua aria distaccata e fredda si nasconde una persona diversa, dolce e delicata, ed è quella che voglio.

Prima che la situazione degeneri ulteriormente alzo la mano e la poggio sul suo petto. Giulio mi guarda, sorpreso.

«Io, ecco... Scusami ma non è questo quello che voglio» balbetto, rossa in viso.

Giulio si allontana di scatto e mi guarda prima confuso poi furioso.

«Sei peggio di quello che pensavo» dice in un soffio lasciandosi cadere di schiena sul letto e coprendosi il viso con le mani.

Prima che riesca a controllarmi le lacrime m'inondano il viso; fuggo in bagno, mi chiudo dentro e per mascherare i singhiozzi apro il rubinetto dell'acqua. Rimango non so per quanto tempo ferma, seduta sul water, finché sento un leggero bussare alla porta.

«Apri questa cavolo di porta, Sofia, o la butto giù.»

«Lasciami sola, Giulio.»

«Lo faccio se apri.»

«Non voglio.»

«Vuoi rimanere tutto il giorno chiusa lì dentro?»

«Posso?»

Lo sento sospirare.

«Preferisci che me ne vada?»

«No» urlo con un tono di voce più alto di quello che volevo.

Lo sento appoggiarsi alla porta.

«Sei ancora qui?» chiedo.

«Sì.»

«Mi dispiace, tantissimo.»

Silenzio.

«Giulio?»

«Per cosa?»

«Per come mi sono comportata.»

«Non ha importanza, Sofia.»

«Ne ha moltissima per me.»

«Perché?»

«Sembri una persona carina, nonostante quegli occhiali improbabili e la lingua affilata.»

Lo sento ridacchiare.

«Okay, accetto le scuse.»

«Di solito sono una persona diversa ma con te ho tirato fuori il peggio di me.»

«E come sei?»

Cerco le frasi giuste da dire ma non le trovo. Alla fine chiudo gli occhi e lascio che le parole escano da sole, senza regole.

«Sono simpatica, spiritosa, generosa e molto dinamica. Vado a correre la mattina e mi alleno tre volte a settimana facendo kickboxing. Viaggio molto per lavoro, faccio la modella e adoro i gelati. Mi piace dormire la mattina e fare tardi la notte. Adoro andare ai party a ballare e quando posso torno a Genova dai miei genitori. Mi sono iscritta all'università e vorrei diventare avvocato penalista. Sogno di fare il giro del mondo, conoscendo più Paesi possibili. Ho vent'anni e Luca è l'unico amico maschio con cui non sono finita a letto. Pensi che possa bastare?»

«Per cosa?»

«Per cancellare tutto e ricominciare da capo?»

Silenzio.

Cerco di capire se mi sta ancora ascoltando, ma non sento neanche il suo respiro.

Finalmente giro la chiave e aspetto.

La maniglia si abbassa e la porta si apre.
Giulio mi allunga la maglietta e mi guarda serio.
«Cosa ci fai vestito?»
«Sono le sette del mattino, devo andare agli allenamenti.»
Lo guardo, stupita.
«Di cosa?»
«Canottaggio.»
Sorrido.
«Deve essere divertente.»
«Molto.»
Rimango a fissarlo incerta e Giulio si avvicina.
«Hai voglia di accompagnarmi?»
Mi sorride.
Le mie labbra si distendono e faccio scivolare la mano nella sua.

The Nicest Thing

in libreria
dal 1 settembre 2016

In anteprima il primo capitolo
del nuovo romanzo
di Cristina Chiperi

Vi è mai capitato di innamorarvi?

Vi è mai capitato di innamorarvi così tanto di una persona da sentire i brividi a ogni suo tocco, da passare le notti a pensare a come potrebbero andare le cose se solo sapesse la verità, da non veder l'ora di incrociare il suo sguardo e sentirvi protette da un suo abbraccio?

A me sì. E la cosa peggiore è che la persona di cui ero veramente innamorata era il mio migliore amico.

Quel ragazzo che credevo di conoscere più di quanto conoscessi me stessa.

Quel ragazzo, Dylan, con il quale avevo passato la maggior parte della mia vita.

Quello che provavo per lui era una cosa talmente pura e vera che io stessa avevo paura di ammetterlo.

La mia storia cominciò esattamente davanti a un armadietto scolastico: il mio.

Pensavo fosse una giornata come le altre, solo che sentivo qualcosa di strano nell'aria. Sentivo che qualcosa o qualcuno dietro l'angolo era pronto a rovinare tutto.

Il lucchetto, tanto per dire, non voleva proprio saperne di aprirsi. Scattò solo all'ottavo tentativo.

Chimica non era e non è tutt'ora la mia passione.

Ho sempre pensato che quella materia fosse fatta per persone dotate di un quoziente intellettivo fuori dal normale.

I miei genitori, però, la pensavano diversamente e mi avevano praticamente costretta a frequentare quel corso.

Presi i libri, chiusi l'armadietto e mi misi la borsa a tracolla per correre a lezione. Fu allora che il corridoio pieno di persone cominciò a svanire, lasciando il posto a una luce accecante... attorno a lui.

Il mio migliore amico aveva appena varcato la porta d'ingresso.

È *solo* il tuo migliore amico, Lucy, dissi tra me e me.

Restai a fissarlo mentre rivolgeva un sorriso affettuoso a Tyler.

Mi chiedevo come fosse possibile che la perfezione si concentrasse in una sola persona.

Vedete, Dylan era semplicemente perfetto, sia fuori che dentro.

Era la giusta combinazione di dolcezza e stronzaggine. Non saprei dirlo altrimenti.

I suoi occhi si spostarono dal suo amico e finalmente incrociarono i miei.

Bastava un suo sguardo per far sì che il mio corpo si riempisse di brividi e che sul mio volto si disegnasse uno stupido sorriso.

Dopo aver salutato rapidamente Tyler, mi venne incontro.

«Buongiorno, Lucy» disse appoggiandosi all'armadietto accanto al mio.

«Dylan...»

Lui aprì bocca per riprendere a parlare.

«No, non ti faccio copiare a matematica» dissi anticipandolo.

Abbassò lo sguardo e sorrise.

Lo conoscevo da così tanto tempo che mi bastava un'occhiata per capire cosa gli frullasse in testa.

Cominciammo a camminare per il corridoio per raggiungere l'aula di chimica.

«Peccato, pensavo di poter ricambiare per letteratura» sorrise.

«Ma tu non vai bene in letteratura» dissi.

Negli studi non è mai stato un genio, ma se la cavava. In qualche modo riusciva sempre a passare l'anno.

«Cercavo solo di convincerti» ridacchiò.

«Non ce la farai mai se continuerai a usare queste scuse banali» dissi scuotendo la testa.

Solo lui riusciva a mettermi di buonumore poco prima di un test importante.

«Comunque... in realtà non è di matematica che volevo parlarti» disse.

«E di cosa allora?» chiesi curiosa.

C'era qualcosa di strano nella sua voce.

«Tu sai della mia ossessione per Caroline, no?»

Ovviamente sapevo della sua ossessione per Caroline.

Dylan provava qualcosa per lei fin dalla prima elementare, ma non aveva mai avuto il coraggio di confessarglielo.

«Dylan, sono la tua migliore amica. Come potrei non saperlo? Me ne parli tutti i giorni» feci irritata.

«Qualche giorno fa ho saputo da John che sembra interessata a me» mi raccontò emozionato.

«Arriva al punto, Dylan. Cosa c'entro io in questa storia?» chiesi fermandomi in mezzo al corridoio e guardandolo dritto negli occhi.

«Tu e Caroline frequentate lo stesso corso di francese, giusto? Potresti provare a parlarle, almeno una volta... cercare di fartela amica per capire se davvero ho qualche possibilità con lei» mi scongiurò.

«Non ti fidi di John?» chiesi.

Non avevo alcuna voglia di diventare amica di Caroline. Certo, sembrava simpatica, ma non volevo avere nulla a che fare con la ragazza di cui era innamorato il mio migliore amico.

E sì, ero gelosa. Forse un po' troppo.

«Sai che i ragazzi del football sono dei cretini. Sanno della mia fissa per Caroline, potrebbero aver inventato tutto per farmi fare una figuraccia con lei» spiegò afferrandomi le mani per stringersele al petto. «Tu sei l'unica di cui mi possa fidare.»

Le sue labbra sembravano muoversi al rallentatore mentre pronunciava quelle parole. Come calamite, l'unica cosa che desideravo era avvicinarmi ancora, fino a sfiorarle.

«Sei o non sei la mia migliore amica?»

Certo.

La sua *migliore amica.*

«Ehm... sì, sì... Vedrò cosa posso fare.» E mi allontanai dal suo tocco.

«Grazie, sei fantastica» disse stampandomi un bacio sulla fronte al suono della campanella.

Perché? Perché dovevo innamorarmi proprio di lui?

Indice

I love you, goodbye p. 7
di Cristina Chiperi

Mess – The Escape p. 91
di Ilaria Soragni

Buio p. 135
di Valentina F.

Vita da top model p. 171
di Daniela Azzone

Vi è mai capitato di innamorarvi? p. 213
di Cristina Chiperi
(anticipazione del romanzo *The Nicest Thing*)

In libreria

Ilaria Soragni

Mess

304 pagine
14,90 euro

Maryland, USA. Mavis, diciotto anni, viene rinchiusa in un riformatorio, accusata di aggressione. È internata nell'ala Nord della struttura, dove sono reclusi i ragazzi condannati per reati minori. Indossano delle tute verdi, unico colore in un mare di bianco così monotono da stordirla. Anche Mavis ne indossa una e le vengono illustrate le regole del luogo. La prima è 'non avvicinarsi alla stanza 105'. Diversa dalle altre, in quella cella è rinchiuso un ragazzo di cui nessuno sembra voler parlare. Mavis sa solo che invece lui indossa una tuta arancione e che non dovrebbe trovarsi lì, bensì nell'ala Est, riservata a chi ha commesso crimini gravi. Il suo nome non viene mai pronunciato e gli altri ragazzi si limitano a chiamarlo 105. Da subito incuriosita, Mavis infrange la prima regola, facendo di tutto per entrare in contatto con lui.
Poco alla volta riesce ad avvicinarsi, a scoprire il suo nome, Niall, e a violare il suo silenzio impenetrabile. Fra Mavis e Niall nasce un rapporto sincero, empatico, che se da una parte darà a Mavis la forza di non crollare, dall'altra la travolgerà, preda di sentimenti ancora sconosciuti e in nome dei quali metterà a rischio la sua stessa vita...

In libreria

Valentina F.

Il mio cuore per te

320 pagine
14,90 euro

Vale e Marta, amiche per la pelle, sono legatissime tra loro ma diverse nel carattere: tanto una è timida e chiusa, quanto l'altra è sfacciata e disinvolta. In comune hanno un obiettivo: conquistare i due ragazzi più affascinanti e desiderati di tutta la scuola. Con l'aiuto delle compagne Giò e Sara, proveranno di tutto: maschere per il viso, nuovi tagli di capelli e piercing al naso. Tra amori e malintesi, uno shopping in centro e una festa di troppo, le due inseparabili amiche riusciranno nel loro intento? Ma poi a distrarre Vale arriva Marco, il fratello di Marta, che tra una partita di pallanuoto e uno 'strappo' in motorino sembra provare per lei qualcosa di più profondo. L'estate è alle porte e chissà che per Vale non riservi qualche sorpresa...
Gli amori, la scuola, le amicizie, le gite in moto, le passeggiate, i dispiaceri, i sogni: in poche parole il senso della vita secondo Valentina.

Primo volume della trilogia *TVUKDB*.

In libreria

Daniela Azzone

Voglio essere una top model

320 pagine
14,90 euro

Daniela è alta, bionda, capelli lisci e occhi azzurri; ultima di quattro figli, vive a Roma con la famiglia. A soli sedici anni inizia a fare la modella. Forse nemmeno lei se lo aspetta, ma la sua carriera è folgorante, e in breve tempo diventa una top model: molto più di una semplice indossatrice. Si trova così catapultata in un mondo fatto di denaro, sfarzo, eccessi e successo.
Ma Daniela non somiglia alle sue colleghe, è una ragazza semplice che sogna il grande amore e crede fermamente nella famiglia. Il rapporto difficile con la madre non le permette di afferrare e godersi il regalo che ogni donna vorrebbe avere: essere una ragazza di successo, amata, adorata e invidiata da tutti. Finché non incontra Lorenzo, un calciatore milanese, e subito scatta la scintilla. Per Daniela è il coronamento di tutti i suoi sogni, il cerchio che si chiude. Ma il destino ha in serbo delle sorprese, e ben presto Daniela si troverà costretta a dover affrontare delle scelte difficili, che la porteranno a capire chi è veramente e cosa vuole fare della sua vita.

Un romanzo sincero, una voce che esce dal cuore per raccontare un sogno diventato realtà.

Finito di stampare nel giugno 2016 presso
Puntoweb - via Variante di Cancelliera snc - Ariccia (RM)
Printed in Italy